높은 곳에 오르다

登高

바람 세고 하늘 높은데 원숭이 울음소리 애절하고

강가 물 맑고 모래 흰데 새 맴돌며 난다

끝없이 나무들에선 낙엽이 우수수 떨어지고

그치지 않는 장강은 출렁출렁 밀려온다

風急天高猿嘯哀

渚清沙白鳥飛廻

無邊落木蕭蕭下

不盡長江滾滾來

Fantastic Oriental Heroes

임영기 新무협 판타지 소설

쾌검왕

快劍王

쾌검왕 3

임영기 新무협 소설

초판 1쇄 찍은 날 § 2005년 6월 29일
초판 1쇄 펴낸 날 § 2005년 7월 9일

지은이 § 임영기
펴낸이 § 서경석

편집장 § 문혜영
편집 § 장상수 · 서지현 · 최하나

펴낸곳 § 도서출판 청어람
등록번호 § 제1081-1-89호
등록일자 § 1999. 5. 31
어람번호 § 제2-0634호

주소 § 경기도 부천시 원미구 심곡1동 350-1 남성B/D 3F (우) 420-011
전화 § 032-656-4452   팩스 § 032-656-4453
http://www.chungeoram.com
E-mail § eoram99@chollian.net

ISBN 89-5831-556-3 04810
ISBN 89-5831-553-9 (세트)

Fantastic Oriental Heroes

임영기 新무협 판타지 소설

쾌검왕

3

중원정벌(中原征伐)

도서출판
청어람

목차

◈제28장◈
중원일보(中原一步)

중원일보(中原一步)

이른 아침.

사박사박—

비검문의 인공 숲 가운데 위치한 아담한 별채로 뻗은 오솔길을 한 명의 시녀가 조심스럽게 걸어가고 있었다.

아담하고 정갈한 청라의 방.

침상에 현악이 이불을 덮고 반듯한 자세로 누워 있는데 여전히 혼수상태의 모습이었다.

그리고 청라는 침상 옆 의자에 몸을 조그맣게 하고 앉아서 침상에 엎드린 자세로 잠들어 있었다.

척!

"소문주님."

그때 휘장 밖에서 방문 열리는 소리와 시녀의 목소리가 거의 동시에 들려왔기 때문에 청라는 깜짝 놀라 번쩍 눈을 뜨며 상체를 일으켰다.

청라는 미처 잠이 덜 깬 상태에서 고개를 들다가 침상에 누워 있는 현악을 발견하고는 눈을 커다랗게 뜨며 놀랐다. 하마터면 입 밖으로 비명을 지를 뻔했다.

그러나 그녀는 곧 지난밤의 일을 기억해 낸 후 자조적인 쓴웃음을 짓고 말았다.

지난밤에 그녀는 비록 소림사의 대환단처럼 영험하지는 않지만 나름대로 탁월한 효능을 자랑하는 가문의 영약 보령환(寶靈丸)을 현악에게 두 알이나 복용시켰다.

그뿐만 아니라 한 시진씩 세 차례에 걸쳐서 자신의 본신진기를 그의 체내에 아낌없이 주입했었다.

물끄러미 현악의 얼굴을 응시하는 청라의 가늘고 긴 속눈썹이 미풍에 흔들리는 갈대처럼 흔들렸다.

막상 현악의 얼굴을 보자 그녀의 마음속이 또다시 거미줄처럼 복잡해졌다.

그러나 웬일인지 그녀의 얼굴에도, 눈빛에도 예전의 새파란 증오와 원한은 떠올라 있지 않았다. 대신 복잡한 표정이 더욱 복잡하게 변했다.

"소문주님, 소녀 매향(梅香)이에요. 일어나셨나요?"

휘장 밖에서 시녀의 음성이 다시 들려오자 청라는 퍼뜩 정신을 수습했다.

시녀가 현악을 봐서 좋을 리 없었다.

"됐다. 너는 그만 물러가거라."

시녀 매향은 언제나처럼 막 휘장을 걷으려다가 멈추고 잠시 머뭇거렸다.

"무슨 말씀이신지……?"

청라의 음성은 냉정했다.

"내가 부르기 전에는 절대 여기에 오지 마라! 알았느냐?"

"네."

시녀는 조금 더 머뭇거리다가 조심스럽게 별채를 나갔다.

청라는 착잡한 얼굴로 현악을 굽어보았다.

'내가 대체 어쩌려고…….'

                    *   *   *

닷새 후.

꽤 높은 언덕 위에 적사와 흑궁녀가 나란히 서서 저 아래의 비검문을 굽어보고 있다.

두 사람의 표정은 각각 달랐다. 적사의 표정은 냉정했고, 흑궁녀의 얼굴에는 조바심이 가득했다.

"설마, 그가 비검문에 있을 거라는 말인가요?"

흑궁녀는 비검문에서 시선을 떼지 않은 채 어이없다는 표정을 지었다.

현악이 지난 사십여 일 동안 풍사단 홍동지단에 혼절해 있는 사이에 그의 뒷조사를 한 사람이 바로 적사였다.

적사가 그 사실들을 초곤에게 보고했을 때 흑궁녀도 그 자리에 있었으니 당연히 현악에 대해서 빠짐없이 들었던 것이다.

"그는 비검문이라면 생각하는 것조차 몸서리쳐질 거예요. 그런데 저곳에 숨어 있다는 게 말이 된다고 생각하세요?"

흑궁녀는 어이없는 표정을 지었다.

"염교, 너는 지금 내가 틀렸다고 말하는 것이냐?"

적사는 조용히 중얼거렸다.

"그건 아니지만……."

적사는 매사에 철두철미한 완벽주의자였다. 여간해서는 일을 꾸미거나 시작하지 않지만, 일단 손을 대면 반드시 완벽한 끝장을 보고야 마는 성격인 것이다.

그가 비검문에 쾌검왕이 있다고 말한다면, 반드시 거기에 쾌검왕이 있을 것이다.

그래서 흑궁녀의 머리는 더 복잡할 수밖에 없었다.

적사는 팔짱을 끼며 마침 불어오는 소슬바람처럼 조용히 말했다.

"쾌검왕이 제 발로 들어갔는지, 아니면 강압에 의해서 끌려 들어갔는지는 모른다. 어쨌든 그를 무사히 데리고 나오는 것이 염교 너의 몫이다."

비검문은 창천방과 더불어 산서 무림을 양분하는 패자다.

그것은 산서 무림에서도 사파 무림의 절반을 장악한 풍사단보다 정파인 비검문이 최소한 두 배 이상 큰 세력과 실력을 지닌 문파라는 뜻이었다.

'저긴 용담호혈이나 마찬가진데 무슨 수로 그를 데리고 나오지? 더구나 그가 저 넓은 비검문 어느 구석에 있는지 알아야…….'

흑궁녀는 머리 속이 더 복잡해졌다.

그녀는 엿새 전에 숲에서 현악을 도주시키느라 유성보 고수들과 생

사혈전을 벌이다가 등을 길게 베이는 상처를 입었으나 현악이 실종됐
다는 사실을 알고는 상처에 대충 금창약만 바른 채 동분서주하며 그를
찾아 다녔다.

어쩌다 보니 독사보다 더 독하다는 그녀가 자신의 몸보다 현악을 더
걱정하고 챙기는 신세가 되었지만, 정작 그녀 자신은 그런 사실을 깨닫
지 못하고 있었다.

*　　　*　　　*

사신(死神)은 이번에도 현악을 데려가지 못했다.

그는 늘 현악 주위에 머물며 호시탐탐 기회를 엿보고 있지만, 번번
이 현악에게 농락당하기만 했다.

현악은 천천히 눈을 떴다.

몸은 어떤지 몰라도 머리는 아주 맑았다.

그는 움직이지 않은 상태에서 자신이 반듯한 자세로 누워 있다는 것
과 몸에 비단 이불이 덮여 있다는 사실을 깨달았다.

하지만 이곳이 어떤 곳이며 어떤 상황인지 모르기 때문에 함부로 행
동할 수 없었다.

예전에는 없던 조심성이었다. 예전의 그였다면 즉시 벌떡 일어나서
내키는 대로 행동했을 것이 분명했다.

그는 빠르게 눈동자를 이리저리 굴려보았다.

가까운 곳에 백색 계통의 엷은 휘장이 드리워져 있고, 그 바깥 멀지
않은 곳에 촛불이 타고 있어서 어슴푸레한 빛을 뿌리고 있는 게 보였
다.

밤인 것 같았다.

'대체 여긴 어디고, 나는 어떻게 된 건가?'

기억을 잃던 마지막 순간이 손에 잡힐 듯이 가물가물하면서도 잘 떠오르지 않았다.

그는 다시 눈을 감고 조심스럽게 운기를 해보았다.

이각 후 그는 눈을 번쩍 떴는데, 그의 얼굴에는 적잖은 놀라움이 떠올라 있었다.

'어… 떻게 된 거지? 내상은 거의 치유됐고, 공력도 팔성 이상 회복됐으니…….'

청라가 비검문의 영약인 보령환을 두 알이나 먹이고, 자신의 본신진기를 아낌없이 주입시켜 내상을 치료했다는 사실을 그가 알 턱이 없었다.

문득, 그는 바로 옆에서 나는 미약한 숨소리를 느끼고 깜짝 놀라서 급히 고개를 돌렸다.

"……!"

순간 그는 잠옷 차림의 청라가 자신 쪽을 향해 몸을 웅크린 채 두 손을 포개어 뺨에 붙이고 곤히 잠들어 있는 것을 발견하곤 눈을 크게 떴다.

그제야 어렴풋이 생각이 났다.

'그렇군! 난 비검문의 이 계집의 방 창문을 넘어 들어온 후에 정신을 잃었던 것 같군.'

비틀릴 대로 비틀어진 쓴웃음이 현악의 입술 사이를 비집고 새어 나왔다.

'빌어먹을! 어째서 이 재수없는 계집을 찾아온 거지? 꿈에서조차 보

기 싫은 년이거늘.'

그러다가 그는 흠칫 표정이 굳어졌다.

'그렇다면… 설마 이 계집이 날 치료했다는 말인가?'

만약 그게 사실이라면, 아니, 상황으로 봐서 사실일 가능성이 높았기 때문에 그는 어이가 없다 못해 기가 막히다는 표정이 얼굴 가득 떠올랐다.

그는 소리를 내지 않으려고 애쓰면서 상체를 약간 일으킨 후 청라를 굽어보며 고개를 갸웃거렸다. 이해할 수 없는 일이 한두 가지가 아니었다.

자신의 한 몸 정도 숨으려고 든다면 넓디넓은 비검문 안에 마땅히 숨을 곳이 없었겠는가.

그런데 무엇 때문에 이 쳐다보기만 해도 구역질 날 것 같은 년을 찾아왔는지 모를 일이었다. 그것도 극심한 중상을 입고 정신이 혼미해서 방향 감각도 없는 상태에서 말이다.

그리고 이 계집년은 어째서 현악 자신을 죽이지 않은 것인가?

순결을 짓밟고 씻을 수 없는 치욕을 안겨주었으니 그를 천참만륙 찢어 죽여도 시원치 않았을 텐데…….

게다가 내상이 치료됐고 공력 역시 거의 회복됐다는 것은, 이 계집이 현악을 치료했다고밖에 생각할 수 없는 상황이었다. 그것은 더욱 이해하지 못할 일이다.

또한 이 계집년이 현악 옆에서 마치 말 잘 듣는 마누라라도 되는 양 새근새근 잠들어 있는 이 광경을 대체 어떻게 이해해야 하는 것인가.

현악은 다소 억지스러운 결론을 내렸다.

'훗! 정신 나간 계집이로군!'

그렇게밖에는 생각할 수도 이해할 수도 없는 상황이었다.

'미친 년! 그런다고 내가 널 용서할 줄 아느냐?'

그는 청라를 무섭게 쏘아보며 속으로 욕을 퍼부었다.

상황이야 어찌 됐든, 일단 독한 눈빛을 하고 속으로 독하게 중얼거리고 나자 거짓말처럼 그의 가슴속에 청라에 대한 분노와 원한이 삽시간에 가득 차버렸다.

현악은 자신이 청라에게서 받은 고통에 비해 아직 백분의 일도 갚지 못했다고 생각했다.

문득 현악은 청라에게서 풍겨지는 기이한 향기를 느꼈다.

청라는 평소에 난초 꽃잎을 우려낸 물로 머리를 감기 때문에 그녀의 머리에서 은은하게 난향이 풍겨졌지만 한 번도 난향을 맡은 적이 없는 현악은 그게 뭔지 알지 못했다.

다만 코끝을 싸아하게 자극하면서 그의 호흡기를 통해 스며든 난향은 잠들어 있던 현악의 본능을 일깨웠다.

문득 현악의 입술이 기이하게 일그러지고 두 눈에서 묘한 빛이 흘러나왔다.

'흐흐흐. 네년을 간단하게 죽이는 것으로는 성이 안 풀린다. 그 대신 볼 때마다 널 짓밟아주마!'

그는 방금 오로지 청라에게만 해당되는 법칙 하나를 스스로 만들어버렸다.

그는 때로 분노나 원한이 여러 가지 환경적인 요소나 심리적인 변화, 또는 자신이 어리석게 저지른 행동의 결과 때문에 심오한 사랑으로 변형될 수도 있다는 사실을 추호도 이해하지 못했다.

그러므로 그 자신이 현재 그런 단계에 들어서고 있다는 사실은 더욱 알아차리지 못했다. 그래서 그는 청라만 보면 솟구치는 감정이 무조건 분노라고만 여기는 단순한 착각을 거듭하고 있는 것이다.

지금도 그는 한 번 육체적인 관계를 맺었던 여자를 보면서 당연히 느껴질 수밖에 없는 자연스러운 육체적인 반응마저도 그저 분노라고 일축하고 있었다.

그의 눈이 붉게 충혈되면서 시뻘건 눈빛이 이글거렸다. 그 자신이 그 눈빛을 거울로 본다면 당연히 분노의 눈빛이라고 여겼을 것이다.

슥—

그는 느릿하게 청라를 향해 손을 뻗었다.

찌이익!

"아앗!"

현악의 손이 그녀의 잠옷 상의를 단번에 찢어 발긴 동시에 청라의 날카로운 비명이 터졌다.

청라는 잠에서 깨어 얼굴에 놀라고 당황하는 기색이 역력하게 떠올라 눈을 커다랗게 뜨고 있었다.

찌익— 짜악—

현악이 두어 번 더 빠르게 손을 움직이자 청라는 순식간에 알몸이 돼버렸다.

"무… 슨 짓이야?"

청라의 눈이 더욱 커졌다.

현악은 일부러 더 잔인한 표정을 지었다.

"무슨 짓이냐고?"

"날, 어쩌려는 거지?"

청라의 몸이 가늘게 떨리는 것을 발견한 현악은 더 잔인해졌다. 마치 피를 본 맹수 같았다.

그녀가 몸을 떠는 것은 두려움 때문이 아니라 배신감과 후회 때문이었다.

"후후. 궁금하냐?"

현악은 자신의 옷을 활활 벗어 던졌다.

"후후… 뭘 하는지 잘 봐라!"

"……!"

현악은 청라를 침상에 내팽개치고 자신의 몸을 그 위에 실었다.

'이 미친놈!'

청라는 날카롭게 부르짖었지만 소리가 되어 입 밖으로 나오지는 않았다.

현악은 뜨거운 콧김을 뿜어내면서 청라의 풍만한 젖가슴을 게걸스럽게 빨아대며 손으로는 그녀의 다리를 벌렸다.

한 마리 짐승으로 변한 그는 완전히 무방비 상태였다.

이 순간에 청라가 일격을 가한다면 현악은 즉사하거나 중상을 면하지 못할 것이다.

'이… 이놈을 당장!'

청라는 오른손에 전신공력을 끌어 모았다. 그런데 어찌 된 일인지 공력이 한 움큼도 모아지지 않았다.

아니, 공력이라는 것이 전혀 남의 것인 양 아예 모일 생각을 하지 않았다.

사랑의 달콤한 속삭임도, 충분한 애무와 전희 따위도 없었다.

"허억!"

순간 뜨겁게 달군 쇠몽둥이 같은 것이 그녀의 음부로 거침없이 밀고 들어오자 그녀는 다급한 헛바람을 들이켰다.

그와 동시에 오른손에 공력을 모아야겠다는 생각마저도 흔적없이 사라져 버렸다.

도축당하는 소나 돼지가 날카로운 도끼로 목에 일격을 당한 것과 같이 그녀는 온몸을 바들바들 떨면서 사지를 늘어뜨렸다.

"헉헉헉……!"

현악의 입과 코에서 풀무질하듯 거친 숨소리가 터져 나왔고, 그의 허리가 맹렬하게 반복적인 움직임을 행했다.

현악은 자신이 지금 복수하고 있다는 사실을 믿어 의심치 않았지만 청라는 자신이 현악에게 보복당하고 있다는 생각을 추호도 하지 않았다.

한 몸이 된 두 사람이었지만, 정신은 두 개였다. 그 규칙적인 행위에 청라는 파괴되고 있었다.

목에 구멍이 뚫린 소나 돼지가 끝없이 피를 쏟아내듯, 음부에 구멍이 뚫린 그녀는 끝없이 쾌락의 애액과 절망의 눈물을 쏟아내야만 했다.

철저한 모순이었다.

첫 번째 짓밟힘에서 소녀는 여자가 되었고, 두 번째 짓밟힘에서 여자는 한 남자의 소유가 되어가고 있었다.

그녀는 한꺼번에 수많은 것들을 느꼈다.

원한이 상실되어 가는 것.

짓밟힘의 비애.

짓밟힘의 희열.

원한이 차츰 상실되어 가면서 빈자리가 되는 공간에 그와 같은 속도로 채워지고 있는 알 수 없는 기이한 감정.

그리고, 악연.

"쓸 만한 몸뚱이로군!"

짓밟기를 끝낸 현악은 비검문의 소문주이며 산서 무림 여고수들의 자존심인 비연검 청라의 나신에 한껏 경멸스러운 웃음을 던지며 비아냥거렸다.

현악의 비웃음이 조금 더 짙어졌다.

"후후! 잘 들어라. 나는 이제 이 냄새나는 촌구석을 떠나기로 마음먹었다."

자신이 왜 그런 말을 청라에게 해주는 것인지도 모르면서 그는 한껏 조롱하듯 지껄였다.

청라는 눈의 초점을 현악의 얼굴에 맞추려고 애썼지만 어느새 흘러내리고 있는 눈물 때문에 뜻을 이루지 못했다.

"어디로……."

"후후후! 중원으로 간다. 그곳에서 마음껏 활개치고 다니련다."

"……."

저벅저벅—

현악은 탁자 위에 청라가 준비해 둔 한 벌의 청의를 입은 후 방문 쪽으로 걸어갔다.

그런데도 청라는 사지를 벌린 채 누워서 꼼짝도 하지 않았다.

척!

이윽고 현악이 방을 나가자 한 방울의 눈물이 청라의 뺨을 타고 또르르 흘러내렸다.

"너무해……."

그녀는 그때까지도 현악이 쾌검왕이라는 사실을 모르고 있었다.

청라의 별채를 나선 현악은 칠흑처럼 캄캄한 밤인데도 불구하고 마치 자기 집처럼 능숙하게 방향을 잡고 빠르게 쏘아갔다.

비검문의 지리를 현악만큼 손바닥 들여다보듯 꿰고 있는 사람도 드물 것이다.

그는 경비가 가장 허술한 길목만을 골라서 이리저리 휘돌다가 비검문 뒷담을 가볍게 훌쩍 날아서 넘었다.

척!

뒷담 너머는 키가 무릎까지 이르는 초지인데 삼십여 장 거리의 언덕까지 이어져 있었다.

현악은 경신술을 전개하지도 않은 채 휘파람을 불 것 같은 상쾌한 기분으로 초지를 휘적휘적 걸어갔다.

그는 걸으면서 주위를 두리번거리며 뭔가 찾는 듯하다가 어느 곳에 멈춰 허리를 굽혔다.

다시 허리를 폈을 때 그의 손에는 혈인검이 쥐어져 있었다.

그는 비검문에 들어가기 전 정신이 혼미한 상태에서도 혈인검을 감춰야 한다고 판단했던 것이다.

그는 더 이상 예전의 어리숙한 현악이 아니었다.

영악해지기로 작정한 이상 끝까지 가볼 생각이었다.

"저 사람… 쾌검왕 아닌가요?"

흑궁녀는 적잖이 놀라서 언덕 아래 초지를 가리켰다. 그녀의 손가락이 가리키는 곳에는 현악이 건들거리면서 이쪽으로 걸어오고 있었다.

"그렇군."

적사는 현악을 주시하며 가볍게 고개를 끄덕였다.

"맙소사… 들키면 어쩌려고 저렇게……."

흑궁녀는 말을 잇지 못했다.

현악의 행동은 용감하다기보다는 무모에 가까웠다.

"나는 그가 비검문에 대해서 누구보다 잘 알고 있다는 사실을 잠시 잊고 있었군. 그가 저렇게 버젓이 행동한다는 것은 안전하기 때문일 게다."

적사는 말하면서 언덕 아래로 걸어 내려갔다.

흑궁녀도 망설임없이 뒤따랐다.

적사가 안전하다고 하면 안전한 것이다.

"너, 여기 웬일이냐?"

언덕 아래에 이른 현악이 언덕에서 달려 내려오는 흑궁녀를 발견하고는 자다가 남의 다리를 긁는 듯한 표정을 지었다.

"당신… 괜찮은가요?"

흑궁녀는 현악 앞에 다가서면서 묻는데 눈은 이미 그의 온몸을 살피고 있었다.

"하하! 괜찮아!"

현악은 과장된 몸짓으로 두 팔을 벌려 보이면서 씨익 웃었다. 싱그러운 웃음, 흑궁녀로서는 처음 보는 현악의 웃음이다.

"걱정했는데 다행이에요."

흑궁녀는 그제야 안도의 표정과 함께 환한 미소를 지었다.

예전의 그녀는 방금 전과 같은 말투나 표정을 결코 사용한 적이 없었다.

적사는 그녀의 그런 미소는 물론 방금 전에 보여줬던 말과 행동에 놀라는 표정을 지었다.

'마음을 열고 있는 것인가, 사갈보다 지독하다는 염교가?'

적사는 새삼스러운 표정으로 현악을 쳐다보았다.

흑궁녀가 변한 것은 현악 때문일 것이다. 하지만 무엇이 그녀를 변화시켰는지는 알 수 없었다. 당연했다. 흑궁녀 자신도 모르는 일을 어찌 적사가 알겠는가.

철석!

"하하! 무슨 소리야? 오히려 내가 널 걱정했다구!"

현악이 흑궁녀의 팽팽한 엉덩이를 소리나게 두드리며 장난스럽게 웃었다.

"당신이 내 걱정을 왜 했죠……?"

흑궁녀는 자신의 엉덩이를 만지면서 얼굴을 가볍게 붉혔다.

적사는 자신의 눈을 의심해야만 했다.

냉혈녀 흑궁녀의 엉덩이를 아무렇지도 않게 두드려 대는 현악도 현악이지만, 얼굴까지 붉히면서 수줍어하는 흑궁녀를 도대체 어떻게 이해해야 하는지 요령부득이었다.

머리 좋기로는 타의 추종을 불허한다는 적사로서도 지금 만큼은 그저 애매한 표정을 지을 수밖에 없었다.

"염교, 다음부터는 함부로 나서지 마라. 유성보 고수들은 만만한 놈들이 아냐."

현악은 흑궁녀를 보며 정색하면서 말했다.

흑궁녀는 현악이 정색하는 것을 처음 봤고, 자신의 이름을 부르는 걸 처음 들었으며, 그 말 중에 염려가 깔려 있음을 깨닫고는 기이한 기분에 휩싸였다.

그러나 그런 기분은 남녀 간의 애정이나 그와 비슷한 것이 아니라 오히려 형제나 가족 간에 느끼는 기분 쪽에 가까웠다.

흑궁녀와 초곤은 상전과 수하로서 수직 관계다. 현악은 초곤과 동급이라고 했으니, 현악과 흑궁녀의 관계 역시 수직 관계다. 수직 관계에서 오갈 수 있는 것은 명령과 복종뿐이다.

그런데 현악이 먼저 흑궁녀에게 손을 내밀었다. 수직 관계가 수평 관계로 전환되고 있었다.

흑궁녀는 이상하게도 코끝이 찡했고 명치가 아렸다. 난생처음 느껴 보는 이상한 감정이었다.

"홋! 나도 만만하지 않아요."

그녀는 괜히 어깨를 으쓱해 보였다.

"이 친구는 누구지?"

현악은 턱으로 적사를 가리켰다.

그의 눈에는 친근한 빛이, 입가에는 살가운 미소가 어렸다.

흑궁녀와 함께 왔다는 이유만으로 처음 대하는 적사에게 추호의 경계심도 갖지 않는 것이다. 완벽한 믿음.

'쾌검왕은 대단한 것을 무기로 지니고 있군.'

현악이 갖고 있는 것들은 아직 그의 속에 잠재되어 있으며 아주 느리면서도 조금씩 겉으로 드러나고 있었지만, 그것들 중에 하나만이라도 제대로 표출된다면 적사의 최대 자랑인 지략을 무색하게 만들 수도 있었다.

"그는 총사예요. 총단주의 최측근이지요."

흑궁녀가 현악에게 적사를 소개하는데 목소리는 마치 봄날에 높이 날면서 지저귀는 종달새처럼 명랑했다. 아마도 그녀의 그런 목소리는 현악 앞에서만 들을 수 있을 것이고, 적사로서는 처음 들어보는 것이었다.

"적사입니다."

적사는 두 손을 모으고 현악에게 정중히 고개 숙였다. 그런 인사는 자신을 지나치게 낮추지도 않으며, 그렇다고 무례하지도 않은 적절한 태도였다.

"잘 부탁하네."

현악은 가볍게 고개를 끄덕였다.

"저야말로."

장차 천하를 좌지우지하게 될 두 사람의 첫 대면은 이렇게 이루어졌다.

*   *   *

혁련무룡은 그동안 단우옥을 묵게 했던 현 내의 객잔을 떠나 성우장(星雨莊)으로 옮겼다.

그곳은 그와 유성보 고수들이 머물던 곳으로 안택현의 서쪽에 위치해 있었다.

단우옥은 혼절한 지 엿새 만에 깨어났다.

'여기는?'

그녀는 천천히 상체를 일으키다가 혁련무룡이 침상 옆 의자에 앉아서 침상에 엎드려 자고 있는 모습을 발견하고 깜짝 놀랐다. 그의 얼굴은 수척했고 수염이 까칠하게 자라 있었다.

'룡 가가……'

그녀의 가슴이 저려왔다.

그때 그녀가 일어나는 기척을 느끼고 혁련무룡도 잠에서 깨었다.

"깨어났구나, 옥 매!"

그는 단우옥을 보며 만면에 더없이 환한 표정을 떠올렸다.

"미안해요. 놀랐죠?"

"놀라긴, 아픈 네가 더 고생했지."

그는 단우옥의 손을 잡고 진지하게 물었다.

"몸은 좀 어때? 기분은? 뭐 먹고 싶은 거 없어?"

"풋! 무엇부터 대답해야 하죠?"

단우옥이 손으로 입을 가리며 예쁘게 웃자 혁련무룡은 계면쩍은 듯
머리를 긁적였다.

"어… 미안. 옥 매가 깨어나서 너무 기쁜 나머지……."

그녀가 어색하고 미안해할까 봐 혁련무룡이 익숙하지 않은 농담을
한다는 것을 그녀가 어찌 모르겠는가. 그렇게 고마운 사람인 것이다,
혁련무룡은.

문득, 단우옥은 의아한 표정을 지었다.

"그런데 소매의 몸이 얼마 전 하고 많이 달라진 것 같은데… 어떻게
된 건가요?"

"하하! 다행이야! 본 보의 정기신환(精氣神丸)이 옥 매에게 잘 맞는
모양이로군."

단우옥은 눈을 동그랗게 떴다.

'아! 소림사의 대환단과 더불어 무림이대명약이라고 불리는 유성보
의 정기신환을!'

그녀는 정기신환이 얼마나 뛰어난 효능을 지니고 있는지 잘 알고 있

었다.

정기신환 한 알이면 죽은 사람까지는 몰라도 죽기 직전의 사람은 능히 소생시킬 수 있다고 알려져 있었다. 게다가 무림인이 복용하면 순식간에 삼십 년의 내공이 증진된다.

그러나 삼십 년 공력 증진의 효능은 단 한 번으로 끝이다.

두 알째 복용하면 이십 년 공력이 증진되고, 세 알 째는 십 년, 그리고 그 다음부터는 아무리 많이 먹어도 전혀 공력이 증진되지 않는다.

그 정도 놀라운 효능을 지닌 정기신환이므로 그 가치는 재물로 매길 수 없을 정도였다.

혁련무룡은 다섯 살에 무공에 입문한 이래 지금껏 오 년마다 한 알씩 도합 세 알의 정기신환을 복용했다.

그러므로 현재의 그가 대방파의 지존들과 당당하게 맞먹거나 더 높은 백 년의 공력을 지니고 있는 것이 결코 이해하지 못할 일은 아닌 것이다.

단우옥은 놀라움과 미안함을 감추지 못했다.

"그렇게 귀한 것을 소매에게 먹이다니요."

혁련무룡은 단우옥의 미안한 마음을 덜어주려고 애썼다.

"하하! 옥 매 입맛에 맞는다면 얼마든지 더 줄 수 있으니까 언제든 말만 해!"

그리고 그의 그런 노력은 단우옥의 마음을 움직였다.

"어멋! 약을 입맛으로 먹나요?"

단우옥은 혁련무룡의 너스레에 미소를 지었다.

혁련무룡은 온화한 미소를 지었다.

"다행이야. 옥 매의 웃는 모습을 다시 볼 수 있어서……."

"……."

"옥 매가 잘못되는 줄 알고 얼마나 조마조마했는지 모른다."

"……."

단우옥은 아무 말도 할 수 없었다.

혁련무룡의 눈이 촉촉하게 젖어들었다.

"만약 옥 매가 죽는다면, 너의 영혼이 더 멀리 떠나기 전에 나도 따라 죽으리라 결심했었어."

"룡 가가……."

결국 단우옥은 가슴이 미어지고 말았다.

"헛헛! 이런, 쓸데없는 소릴!"

혁련무룡은 쑥스러운지 너털웃음을 터뜨렸다.

"미안해요, 룡 가가. 정말이지……."

"괜찮아! 뭘 그까짓 걸 갖고! 하하하! 이젠 다 괜찮다!"

단우옥은 어색하게 웃으면서 두 손을 젓는 혁련무룡을 보면서 복잡한 심정이 됐다.

'약 가가를 살리기 위해서 일부러 나 스스로의 기혈을 역행시켜 주화입마에 들게 하다니…….'

그랬었다.

영화원에서, 혁련무룡이 현악을 죽이기 직전에 그녀가 취할 수 있는 행동은 오직 그것뿐이었다.

단우옥은 혁련무룡이 자신을 얼마나 사랑하고 있는지 잘 알고 있었다. 그러므로 그녀의 그런 행동은 혁련무룡의 순수한 사랑을 이용한 것이라 할 수 있었다.

'조금이라도 잘못되면 죽을 수도 있는 일이었는데… 어쩌자고 그런

무모한 짓을······.'

운공을 역으로 행하면 그게 바로 주화입마였다. 죽음에 이르는 지름
길인 것이다.

'어째서 나는 악 가가에게만은 나 자신조차도 이해할 수 없는 행동
을 하게 되는 것일까?'

세상에는 이해가 가능한 일보다도 이해하기 어려운 일이 더 많은 법
이다. 그리고 만약 그때와 같은 상황이 또다시 벌어진다고 해도 단우
옥은 망설이지 않고 자신을 희생시킬 준비가 되어 있었다.

다음날.

화사한 햇살이 내리쬐는 낭하의 탁자에 혁련무룡과 단우옥이 마주
앉아서 차를 마시고 있었다.

단우옥은 혁련무룡을 제외한 유성보 고수들 전원이 칠 일 전 현악이
도주하던 그 숲에서 풍사단의 사파 고수들과 싸우다가 전멸했다는 사
실을 비로소 알게 됐다.

그들과 맞서 싸웠던 삼십여 명의 풍사단 사파 고수도 한 명만 제외
하고 전멸했다고 들었다.

결국, 추적대에 선발된 유성보 사람 중에서 혁련무룡 혼자만 남게
된 것이다.

"옥 매, 나는··· 그자를 찾아야만 해."

혁련무룡은 한참 동안 망설이던 끝에 착잡한 표정으로 힘들게 말문
을 열었다.

그가 말하는 '그자'가 누구를 가리키는지 단우옥은 잘 안다. 그는
물론 쾌검왕 현악이었다. 혁련무룡이 쾌검왕을 찾겠다는 것을 어째서

단우옥에게 양해를 구하고 있는지도 잘 알고 있다.

혁련무룡은 단우옥과 쾌검왕의 관계를 한마디도 묻지 않았고, 단우옥 역시 입을 다물고 있는 중이었다.

혁련무룡은 그것에 대해서 어떤 대가를 치르더라도 알고 싶을 만큼 궁금했다. 하지만 끝내 한마디도 입 밖에 꺼내지 않는 놀라운 자제력을 보여주고 있었다.

"나는 아버님의 명령을 거역할 수 없어. 이해해 줘."

'이 사람은 도대체 나를 위해서 얼마나 더 자신을 낮추고 희생해야만 하는 것인가.'

단우옥은 안쓰러운 표정으로 혁련무룡을 바라보았다.

"그를 죽이지는 않을게. 그저 혈인검만 손에 넣을 거야."

과연 그게 가능할까?

현악이 순순히 '자! 여기 혈인검이 있으니 어서 가져가라!' 하고 내줄까?

어림 반푼 어치도 없는 말이다. 혈인검을 손에 넣으려면 아마도 그를 죽여야만 할 것이다.

그것을 알고 있기에 단우옥은 입을 꼭 다문 채 침묵을 지키고 있었다.

왜 현악을 죽이면 안 되는 것일까?

도대체 그는 나의 무엇이란 말인가?

무수한 의문이 단우옥의 마음속에서 먹구름처럼 피어났지만 그녀는 단 한 가지도 해답을 얻지 못했다.

그렇더라도 그녀는 한 가지만은 분명하게 알고 있었다.

만약 마음이 가는 대로, 감정이 가는 대로 자신의 행로를 결정하라고 한다면 서슴없이 현악을 선택할 것이라는 사실을.

현악에게는 무엇으로도 설명하기 어려운 매력이 있었고, 단우옥은 자신이 거기에 깊이 빠져 있다는 사실을 잘 알고 있었다.

"……."

무슨 말인가 해야 했지만, 그래서 나만을 염려하고 위하는 이 착한 남자의 마음을 편하게 해줘야 하지만 단우옥은 끝내 아무 말도 하지 못했다.

두 사람 사이에 침묵이 흘렀다. 수많은 무언의 대화가 오가는 침묵이었다.

지금 이 순간, 혁련무룡이 얼마나 속을 끓이며 착잡한 심정일까 하는 것도 단우옥은 짐작할 수 있었다. 그럼에도 불구하고 단우옥은 침묵으로 일관하며 혁련무룡에게 그 무엇인가를 요구하고 있었다.

그리고 마침내 혁련무룡은 무겁게 고개를 끄덕였다.

"알았어. 옥 매 네가 원치 않으면 하지 않을게."

단우옥의 얼굴에 안도와 기쁨이 교차되는 것을 혁련무룡은 놓치지 않았다.

그의 사랑을 지탱하고 있는 여러 개의 기둥 중 하나가 가슴속에서 큰 소리를 내며 부러졌다.

그의 입가에 보일 듯 말 듯 쓸쓸한 미소가 언뜻 내비쳤다.

"고마워요."

그리고 단우옥은 그렇게 말해 버리고 말았다.

처음엔 그저 가시에 찔린 가벼운 상처려니 예사롭게 여겼던 것이, 방치해 두는 동안 곪고 덧나서 더 깊고 큰 상처가 돼버렸다.

그리고 며칠 전에는 그녀마저도 그 상처에 약이 아닌 독을 뿌리고 말았다.

단우옥은 혁련무룡의 눈이 깊숙이 가라앉는 것을 보면서도 더 이상 아무 말도 하지 않았다.

그 무엇으로도 설명되거나 이해되지 않는 일이 있다면, 사람들은 그 것을 이렇게 분류한다. '운명'이라고.

운명은 언제나 사람들이 눈치채기 전에 찾아들고 또 떠난다.

*　　　　*　　　　*

안택현은 지난 몇 달 동안 휘몰아쳤던 태풍이 멈추자 비로소 평온을 되찾았다.

혜각 선사와 소림고수들을 필두로 유성보의 유성추혼과 봉황일미가 차례로 떠났으며, 무림고수들도 하나둘씩 뒤를 이었다.

그 후에도 혈인검의 미련을 떨치지 못한 수십 명의 무림고수가 남아서 안택현과 홍동현 일대를 이 잡듯이 뒤지고 다녔지만 어디에서도 쾌검왕의 행적이 발견되지 않자 그들도 하나둘씩 서둘러 떠났다.

풍사단이 증발했다.

여량산의 풍사단 총단은 물론 산서 각지에 흩어져 있는 열두 개의 풍사단 지단에는 아무도 남아 있지 않았다.

풍사단의 증발은 너무도 급작스러운 일이었고 일체의 흔적도 남기지 않았다.

그래서 사람들은 산서 땅에 애초부터 풍사단이라는 방파가 없었던 것 같은 착각에 빠지기도 했다.

　　　　　＊　　　　　＊　　　　　＊

"저기가 중원일세."

발 아래 도도하게 흐르는 황하를 굽어보며 초곤이 묵직하게 중얼거렸다.

목소리에는 여전히 아무런 감흥도 섞여 있지 않았다.

일행은 홍동현을 떠난 지 닷새 만에 산서와 하남의 접경 지대인 이곳 태행산(太行山) 남단 끝 자락에 도착했다.

안택현을 떠나는 추적대나 무림고수들과 마주치지 않으려고 일부러 멀찌감치 도는 길을 택했기 때문에 원래보다 하루 반나절가량이나 늦었다.

험난하고 척박한 산서 땅은 마치 조물주가 일부러 선을 그어놓기라도 한 것처럼 태행산에 이르러 끝났다.

그리고 태행산 이남의 땅들은 신의 축복이라고 할 만큼 비옥하기 짝이 없었다. 그 비옥한 땅 한복판에 중원이 버티고 있었다.

"중원이로군."

초곤과 나란히 서서 황하를 굽어보고 있는 현악도 나직이 중얼거렸다.

현악과 초곤, 그리고 그 뒤에 서 있는 세 사람, 적사와 흑궁녀와 채엽은 모두 중원을 굽어보고 있었다. 이들 모두 이 순간만큼은 같은 기분을 느끼고 있을 것이다.

벅찬 희열과 온몸으로 기분 좋게 퍼지는 긴장감이 그것이었다.

옛날, 우왕(禹王)이 천하를 아홉으로 나눈 후 구주(九州)의 한복판에 위치했다 하여 '중원'이라 일컬었던 땅, 하남.

예로부터 하남을 얻는 자가 곧 천하의 주인이었다.

무림도 마찬가지였다. 천하무림 구주팔황에 수천 개의 대소문파가 산재해 있지만, 그중 사분지 일에 해당하는 문파들이 하남에 터를 잡고 있었고, 또한 그들 문파들이 무림을 이끌고 있다고 해도 과언이 아니었다.

"기분이 어떤가?"

조금 전과는 달리 초곤의 음성에 긴장과 여유가 혼재했다. 그는 현악의 기분이 궁금했다.

"아주 상쾌해."

"그런가?"

황하를 굽어보는 현악의 표정은 정말 상쾌해 보였다.

초곤은 좀 달랐다. 그는 지금 중원을 굽어보면서 가슴속에서 웅심과 투지가 불타오르는 것을 간신히 억제하고 있었다.

마침내 그들은 중원에 왔다.

◆제29장◆

피가 끓고 살이 떨린다!

피가 끓고 살이 떨린다!

　　하남 땅에서 가장 번성한 두 개의 대도(大都) 낙양과 개봉 간의 거리는 백오십여 리다.

　천하무림의 수많은 문파와 방파 중 사분지 일이 하남에 집중되어 있는 것이 당금 무림의 형세였다.

　그리고 그중 삼분지 일이 낙양과 개봉 인근 백오십여 리 일대에 집중되어 있는 상태였다. 그 때문에 자연히 낙양과 개봉은 온갖 종류의 수많은 무인들로 북적거렸다.

　또한 두 성(城) 간의 백오십여 리 관도는 천하무림의 수두룩한 갖가지 정보들이 왕래되는 길이었다.

　광무현(廣武縣)은 낙양과 개봉 백오십여 리 거리의 중간쯤에 위치해 있었다.

　낙양이나 개봉에 비할 바는 못 되지만 제법 큰 규모의 현으로, 두 대도를 왕래하는 문물의 교차점에 위치했다는 지역적인 이점 덕분에 꽤 번성을 누리는 곳이었다.

현악 일행은 그곳 광무현 외곽 황하변에 열다섯 채의 크고 작은 전각으로 이루어진 제법 웅장한 장원 한 채를 사들여서 둥지를 튼 상태였다.

광무현 현 내 주루와 다루, 기루들은 낙양과 개봉을 오가는 무인들과 장사치들로 연일 북새통을 이루었다. 그래서 주루에 한 식경 정도만 앉아 있노라면, 듣고 싶지 않아도 무림의 각종 정보들과 온갖 잡다한 소문들을 귀가 아플 정도로 들을 수밖에 없었다.

그 온갖 정보들을 잘 걸러서 진위와 옥석을 제대로 선별하기만 해도 쓸 만한 것들을 건져 낼 수 있을 정도였다.

거기에다가 약간의 수고와 돈을 더 보태기만 한다면 필요한 정보를 얻는 것은 그리 어렵지 않았다.

"쾌검왕님, 자운 소저께선 안택현은 물론이고 산서 땅에는 안 계시는 게 분명합니다."

채엽은 큰 죄를 짓기라도 한 것처럼 고개를 조아리며 어쩔 줄을 몰라 했다.

"그래도 총단주, 아니, 흑사신님께서는 산서 수십 개 하오문들에게 돈은 얼마가 들어도 상관없으니 자운 소저를 계속 찾으라고 명령하셨습니다."

현악은 술잔을 내려놓고 이맛살을 찌푸렸다.

"자운이 산서에 없는 게 분명하다면서 산서 땅을 계속 뒤지면 뭐 하겠느냐?"

채엽은 어눌하게 머리를 긁적였다.

"그렇긴 합니다만……."

현악이 광무현 외곽 황하 강변의 야트막한 언덕 위에 위치한 이곳 벽풍장(碧風莊)이라고 이름 붙인 장원에 머문 지 어느덧 석 달이 지났다.

안택현에서 여러 차례 죽을 고비를 넘기는 사이에 그는 열여덟 살이 되었고, 지금은 찌는 듯한 늦여름의 한복판이었다.

벽풍장에 살고 있는 사람은 현악과 초곤, 그리고 흑궁녀와 적사, 채엽을 비롯하여 세 명의 하인과 다섯 명의 하녀, 세 명의 숙수(熟手), 모두 합쳐 열여섯 명이었다.

적사와 흑궁녀는 거의 장에 붙어 있지 않을 정도로 바쁘게 밖으로만 돌아다녔는데, 두 사람은 각기 따로 행동했다.

그들은 며칠 동안이고 외지를 돌아다니다가는 몹시 피곤한 모습으로 장에 돌아와 잠시 쉴 틈도 없이 초곤에게 그동안 조사한 일들을 보고하곤 했다.

"산서에서 하남으로 이르는 길목인 이 일대 여러 하오문에 자운 소저를 찾아달라고 부탁해 두었습니다."

채엽은 초곤의 명령으로 오직 자운을 찾는 일에만 매달려 있느라 그 역시 밖으로 나돌았다.

그래서 결과적으로 벽풍장에는 늘 현악과 초곤 두 사람만 남아 있게 되었다.

두 사람은 가끔 밤에 만나서 술잔을 기울이는 것 외에는 각자의 연공실에 틀어박혀서 무공 연마에만 전념했다. 서로 각자의 무공에 대해서는 일체 말하지도 않았고, 상대의 무공에 대해서 가타부타 묻지도 않았다.

그러나 상대가 얼마나 지독하게 무공 연마에 몰두하고 있는지는 짐작할 수 있었다.

두 사람이 열흘이고 보름이고 밀실에 틀어박혀서 두문불출 무공 연마를 하다가 우연히 같은 시간에 밖으로 나오게 되는 경우가 있는데, 그때 상대의 얼굴을 보고 한눈에 그 사실을 느꼈다.

그럴 때 두 사람의 얼굴은 두 눈과 양 뺨이 움푹 꺼지고, 수염이 덥수룩하게 자랐으며, 두 눈에서 광기가 번뜩인다는 점에서 영락없이 닮아 있었다.

두 사람은 직접 비무를 해보지는 않았지만, 상대의 무공 실력이 일취월장 발전하고 있다는 사실을 감지할 수 있었다. 그리고 사실 두 사람의 실력은 그들 스스로도 놀랄 만큼 하루가 다르게 발전하고 있었다.

간혹 두 사람이 술을 마시게 될 경우에도 별다른 대화는 나누지 않았다.

원래 과묵한 두 사람은 누가 더 오랫동안 말을 하지 않는지 내기라도 하는 것처럼 입을 꾹 다문 채 술에 포한이라도 맺힌 듯 술만 마셔대곤 했다.

그리고는 엉망진창으로 취했다가 아무 데서나 쓰러져서 잠을 자고, 다음날 깨어나서는 약속이나 한 듯 다시 연공실로 들어가기를 석 달 동안이나 반복하고 있는 중이었다.

지금 현악은 지난 보름 동안 거의 실성한 것처럼 쾌검 수련을 하다가 기력이 탈진하여 쓰러지기 직전에야 연공실에서 나와 잠시 휴식을 취하고 있는 중에 마침 장원에 돌아와 있던 채엽의 방문을 받은 것이다.

현악이 생각하기에도 자운을 찾기 위해서 취할 수 있는 방법은 모두 동원된 것 같았다.

'설마 운아가 죽은 것인가?'

현악은 착잡하게 내심으로 중얼거렸다. 그는 여러 차례 죽음에 직면했었고, 극렬한 무공 수련 때문에 견디기 힘든 고통에 빠지기를 밥 먹듯이 했었지만, 지금처럼 자운을 떠올리며 숨을 쉬기조차 힘들 정도로 안타까워하는 고통에 비하면 그것들은 아무것도 아니었다. 그 정도로 그가 누이동생 자운을 걱정하고 그리워하는 마음이 지대한 것이다.

사파나 하오문이 사람을 찾아내는 능력은 상상을 불허할 정도로 탁월하다는 사실을 현악은 근래에 들어서 알게 되었다. 그런데도 아직껏 자운을 찾지 못하고 있다는 것은…….

무조건 채엽을 닦달한다고 될 일이 아니었다.

자운이 무엇 때문에 실종됐는지 철저하게 모르고 있는 지금 상황에서, 단서 하나 없이 그녀를 찾아내는 일은 말 그대로 바다에 빠진 바늘 하나를 찾아내는 것이나 다를 바 없었다.

그래도 희망을 버릴 수는 없었다. 희망을 버린다는 것은, 현악의 죽음을 의미했다.

자운의 시신을 눈으로 직접 확인하기 전에는…….

"애써다오, 채엽."

"……."

현악은 한참 만에 진중히 입을 열었다.

채엽은 적잖이 놀랐다. 그는 현악을 만난 이후 그가 방금처럼 진지한 표정을 짓는 것을 처음 보았다.

더구나 현악은 애써달라고 부탁까지 했다.

채엽은 잠시 망설이다가 용기를 내어 조심스럽게 입을 열었다.

"저… 부탁이 있습니다, 쾌검왕님."

현악은 수염이 덥수룩하고 눈과 뺨이 움푹 들어간 강시 같은 모습으로 빈 잔에 술을 따랐다.

"뭐지?"

채엽은 몹시 진지한 표정을 지었다.

"오래전부터 말씀드리고 싶었는데 기회가 없었습니다."

슥—

그러더니 채엽은 갑자기 무릎을 꿇고 현악에게 공손히 절을 올리는 것이 아닌가.

"쾌검왕님을 죽을 때까지 형님으로 모시고 싶습니다."

아닌 밤중에 홍두깨처럼 느닷없는 말이었고, 현악으로서는 전혀 예상하지 못한 일이었다. 그렇지만 채엽은 벼르고 벼르던 말이었다.

"이유가 뭐냐?"

현악은 술 한 잔을 비우고 나서 창밖을 응시했다.

"모르겠습니다. 아니, 이유는 없습니다."

"건방진 놈! 지금 날 농락하는 것이냐? 날 형님으로 삼겠다면 당연히 이유가 있을 것이 아니냐?"

갑자기 현악은 와락 인상을 쓰면서 일장에 쳐죽일 듯 오른손을 치켜들었다.

채엽은 고개를 들고 현악을 올려다보았다. 그의 얼굴에는 공포가 가득했다. 그러나 그는 곧 얼굴에서 공포를 지우고 담담한 표정으로 고개를 숙이면서 조용히 말했다.

"역시 아무리 생각해 봐도 이유는 모르겠습니다. 절 죽이시든 살리시든 마음대로 하십시오."

빙긋, 현악 입가에 희미한 미소가 떠올랐다.

그는 무릎을 꿇고 있는 채엽에게 빈 술잔을 내밀었다.

"일어나서 술 한 잔 받아라."

"……?"

채엽 자신의 돌출 행동보다 더 느닷없는 현악의 말에 그는 어리둥절해서 고개를 들었다.

현악은 조용히 말했다.

"네가 말도 안 되는 이유들을 구구절절 늘어놓았다면 당장 내쫓았을 게다."

"……."

채엽은 놀라 눈이 커졌다.

"어떤 상황에서는, 이유를 말할 수 없는 것이 가장 완벽한 이유일 수도 있고 믿음이 가는 법이지."

그런 것을 현악은 백정 시절에 이미 깨달았다.

"그런……."

채엽은 눈을 크게 뜨고 뭔가 깨달은 듯한 표정을 지었다.

"나는 나 스스로 마땅히 누군가의 형이 될 자격을 갖추지 못한 놈이라고 생각하고 있다. 그런 나한테 그럴싸하게 듣기 좋은 이유를 읊어 대는 것이 과연 나를 농락하는 것이 아니고 무엇이겠느냐?"

"그… 렇군요."

채엽의 등줄기로 굵은 땀이 흘러내렸다. 그로서는 추호도 생각하지 못했던, 아니, 생각할 수 없던 일이었다.

그저 현악을 형님으로 모시고 싶다는 단순한 생각이었지, 어떤 계산이 깔려 있는 것은 결코 아니었다. 결국 현악은 그 단순함을 요구했던 것이다.

현악은 술잔을 내민 채 가볍게 눈살을 찌푸렸다.

"너는 나를 얼마나 더 기다리게 할 셈이냐?"

"죄, 송합니다, 형님!"

채엽은 후다닥 일어나 두 손으로 공손히 술잔을 받았다.

꼴꼴꼴—

"나는 허약한 동생 따윈 두지 않는다."

현악은 술을 따르면서 슬쩍 미간을 좁혔다. 그는 제대로 된 아우를 원했다.

"소제가 어떻게 하면 좋겠습니까?"

채엽은 두 손으로 술잔을 받아 든 채 현악을 쳐다보았다. 그의 얼굴에는 진정 어린 표정이 가득했다.

"무조건 강해져라. 만약 나보다 더 강해지면 내가 널 형님으로 모시겠다."

어이없는 말. 그러나 그것은 평소에 현악이 신봉하고 있는 힘에 대한 지론이었다.

"……."

채엽은 멍한 얼굴로 현악을 물끄러미 쳐다봤다. 아니, 큰 충격을 받은 표정이었다.

이윽고 그는 공손히 고개를 숙이면서 입을 여는데, 그의 음성은 조용했지만 강한 의지가 담겨 있었다.

"형님 말씀대로 강해지겠습니다. 하지만 솔직히 형님보다 더 강해질 자신은 없습니다."

"어째서?"

채엽은 한차례 숨을 고른 후 장황하게 설명했다.

"소제가 풍사단 홍동지단에서 형님을 처음 뵈었을 때 형님은 강했습니다. 그리고 운몽산혈전 때 형님께서는 죽을 고비를 넘기시고는 한동안 무공 수련을 하고 나니 예전보다 훨씬 더 강해지셨습니다. 그런데 형님께서는 이곳에서 머무는 지난 석 달 동안 밤낮으로 무공 연마만 하셨습니다. 그동안 또 얼마나 더 강해지셨을지 소제로서는 상상조차 안 될 정도입니다. 만약 소제가 부지런히 노력해서 일류고수가 된다면, 그때 형님께선 틀림없이 절정고수가 되어 계실 것입니다. 소제의 우매한 생각으로는, 소제는 영원히 형님을 능가하지 못할 것 같습니다."

"얘기가 그렇게 되나?"

현악은 어색한 미소를 지었다.

채엽은 공손히 머리를 조아렸다.

"소제는 그저 죽을 때까지 형님을 모시는 것만으로도 영광으로 생각하겠습니다."

현악은 확실히 강해졌다. 석 달 전 중원에 들어섰을 때보다도 강해진 건 사실이다.

얼마나 강해졌는지는 아직 누구와 싸워보지 않아서 모르지만, 아마도 예전에 비해 절반 이상은 강해졌을 것이다. 여하튼 현악은 태어나서 처음 의제라는 것을 두게 되었다. 채엽은 금년 스물다섯 살로 열여덟 살인 현악보다 일곱 살이나 많았지만 문제될 것은 없었다.

강호라는 곳에서는 강자가 곧 윗사람인 것이다.

후웅!

검을 휘두르는 파공음이 밀실을 은은하고도 묵직하게 게 진동시키고 있었다.

검이란 도에 비해서 훨씬 얇고 폭도 좁으며, 두 손으로 양 끝을 잡고 힘을 주면 반원을 이룰 정도로 탄성이 뛰어나다. 그 말은, 검을 휘둘렀을 때 방금과 같은 묵직한 파공음이 절대 발생할 수 없다는 뜻이었다.

검의 파공음은 귀를 예일 듯이 날카롭기 짝이 없다. 아니면 거의 파공음이 나지 않던가.

그런데 방금 현악이 휘두른 검에서는 석실 전체를 웅웅 떨어 울리는 파공음이 흘러나왔다.

후우웅!

현악은 석벽을 마주한 채 오십 번째의 발검을 하여 번개같이 세로로 그어 내렸다. 하지만 검기가 아니라 그 비슷한 것조차도 전혀 발출되지 않았고 예의 묵직한 파공음만 허공을 갈랐다.

철컥!

현악이 검을 어깨의 검집에 꽂자 이상한 소리가 났다.

"후우우……."

그는 석벽을 주시하며 길게 숨을 토해냈다.

예전에는 발검 수련을 할 때 쉬지 않고 삼백여 회 발검을 해야만 느껴지는 피로가 지금은 오십 회 발검 만에 찾아왔다.

현재 그는 오십 년 공력을 보유하고 있었다.

쾌검마가 그에게 복용시킨 자령신단이 단숨에 삼십 년 공력을 주었었다.

이후, 초곤의 명령으로 두 명의 의원이 현악에게 마구잡이로 먹인 영물과 영초들, 그리고 자나 깨나 한시도 쉬지 않고 운공한 자령신공 덕분에 공력이 십여 년 증진되었다.

그리고 그 후 현악을 살리느라 청라가 복용시킨 비검문의 영약 보령환 두 알이 다시 십 년의 공력을 증진시켜 주었다.

보령환이 아무리 변방의 알려지지 않은 문파인 비검문의 영약이고, 소림의 대환단이나 유성보의 정기신환 같은 놀라운 효능은 지니지 않았다고는 하지만, 그래도 명색이 영약이다.

그러나 당사자인 현악은 청라가 자신에게 두 알의 보령환을 복용시킨 사실을 까맣게 모르고 있었다. 또한 자신의 내공 수위가 어느 정도인지 정확하게 판단하지 못하고 있는 상태였다.

현악은 다시 서서히 공력을 끌어올려 오른손에 모았다. 이어서 검을 잡고 온 힘을 다해 발검했다.

쉬이잉!

검이 여태까지와는 약간 다른 파공음을 토해냈다. 발검이 여태까지보다 조금 더 빨라졌다는 뜻이다.

그러나 이상한 일이었다.

예전에 비해서 공력이 이십 년이나 증진된 그의 발검이 오히려 예전보다 훨씬 더 느렸다.

"후우욱! 후우우……."

그는 거친 숨을 몰아쉬며 검을 들어올렸다.

그런데 그가 쥐고 있는 검을 보라.

전체가 금방 먹물에 담갔다가 꺼낸 것처럼 새카만 묵빛에 일반 검에 비해서 세 배쯤은 더 두꺼웠다.

또한 양쪽 다 예리한 칼날도 없이 뭉툭하기만 했다. 하지만 크기나 모양은 일반검과 똑같았다.

그 검은 다름 아닌 천산(天山)의 깊은 오지에서만 난다는 오금한

철(烏金寒鐵)로 만든 묵검(墨劍)이었다. 알려진 바에 의하면, 오금한 철은 세상에서 가장 무겁고 단단한 금속이었다.

일반 검과 같은 크기인 묵검의 무게는 일반 검보다 열 배 이상 무거웠다. 또한 지금 현악이 쥐고 있는 묵검은 일반 검의 세 배 두께다.

그것은 곧 이 묵검이 일반 검보다 무려 삼십 배나 무겁다는 뜻이 아니겠는가.

혈인검은 일반 검보다 다섯 배 정도 무겁다. 그렇다면 이 묵검의 무게가 혈인검의 여섯 배라는 뜻이 되는 것이다.

현악이 묵검으로 발검 수련을 시작한 것은 이곳 벽풍장에 자리잡은 석 달 전부터였다.

그는 끊임없는 수련 끝에 자신에게 더욱 빠른 발검이 필요하다고 판단했다. 그래서 궁리해 낸 것이 어렵사리 오금한철을 구해서 만든 묵검으로 수련하는 방법이었다.

그것은 지극히 단순하고도 무식한 방법이었지만, 때로는 어떤 오묘하고도 난해한 방법보다는 그런 무식한 방법이 더 잘 통할 때가 있는 법이다. 그리고 현재까지는 그 방법이 현악의 발검을 점점 더 빠르고도 위력적으로 발전시켜 주고 있는 것이 사실이었다.

그가 최초에 묵검으로 발검 수련을 시작했을 때에는 발검이라고 할 수 없을 정도로 느려 터졌었다. 게다가 고작 열 번 정도 전력으로 발검하고 나면 기진맥진하기 일쑤였다.

그러나 석 달이 지난 지금, 그때에 비해서 묵검의 발검 속도는 열 배 이상 빨라졌으며, 한 번 수련으로 발검하는 횟수도 오십 회로 늘어나 있었다.

"후우… 이 묵검을 혈인검처럼 발검할 수 있어야만 나는 조금 만족

할 수 있다!"

그는 목표를 아주 높게 잡았다. 그것은 어쩌면 불가능할지도 모르는 목표였다.

혈인검보다 여섯 배나 무거운 묵검을 혈인검처럼 발검한다는 것이 과연 가능할 것인가.

지금 현악은 자신이 익힌 섬쾌를 극성으로 연마하게 되면 자연히 쾌검마류를 발휘할 수 있을 것이라고 굳게 믿고 있었다. 또한 형인 쾌검마의 실력이 하늘이라면 자신은 땅바닥이나 다름없다고 판단했다.

그러므로 형 정도의 실력자가 되어야만 강호를 종횡무진 누빌 수 있고, 천하를 발 아래 둘 수 있다고 나름대로 계산한 것이다.

하지만 사실 섬쾌와 쾌검마류는 검법구결도, 운용하는 진기도, 위력마저도 판이하게 달랐다.

지렁이가 천 년 동안 꿈틀거린다고 해도 결코 용이 될 수 없듯이, 섬쾌를 죽어라고 연마해 봤자 그저 조금씩 더 빠른 쾌검이 될 뿐 쾌검마류는 되지 못한다는 사실을 현악은 상상조차 못하고 있는 것이다.

척!

현악은 탈진한 공력을 회복하기 위해서 자령신공을 운공하려고 바닥에서 두 자 높이의 둥근 석대에 올라앉았다.

'기다려라, 옥아! 삼 년 후 정말 멋진 사나이가 되어 네 앞에 나타날 테니까!'

그는 운기조식에 들어가기 전에 언제나처럼 단우옥을 떠올리며 강한 의지를 불태웠다.

다시 한 달이 더 흘렀다.

그 한 달 동안 벽풍장의 사람들은 각자 맡은 바 일에만 깊이 몰두해 있었다.

적사와 흑궁녀는 무림 정세를 조사하느라, 채엽은 자운을 찾느라, 현악과 초곤은 각각 쾌검식과 역천도법을 연마하느라 어떻게 한 달이 지났는지도 모를 정도였다.

"보시는 대로 입니다."

적사는 한쪽 벽면을 절반 이상 덮은 하남 땅 전역을 자세히 그린 커다란 지도를 가리키며 정중히 입을 열었다.

얼핏 보면 군대가 사용하는 지도처럼 보였지만 자세히 살펴보면 단순한 지도가 아니라는 것을 알 수 있었다.

그 지도에는 적사와 흑궁녀가 지난 넉 달 동안 불철주야 하남 땅 전역을 발로 뛰며 조사하고 분석한 것들이 빼곡하게 그려지고 기록되어 있었다. 두 사람의 땀의 결정체인 것이다.

"속하는 처음에 하남 무림 내에 있는 각 문파와 방파들 숫자부터 헤아려 봤습니다. 그 결과 도합 천삼백육십오 개의 문파와 방파가 운집해 있는 것으로 파악됐습니다."

천삼백육십오 개의 문파와 방파.

아무리 하남이 구주팔황의 한복판 중원이라고는 하지만 가히 어마어마한 숫자였다.

의자에 앉아 있는 현악과 그 뒤에 서 있는 채엽은 똑같이 경악에 가까운 표정을 지었다.

현악 옆에 나란히 앉은 초곤은 수시로 보고를 받았기 때문에 놀라지 않는 대신 납덩이처럼 무거운 표정이었다.

"빌어먹을! 이거 무림의 문파와 방파들이 죄다 하남 땅에만 몰려 있는 거야?"

잠시 후에 놀라움을 가라앉힌 현악이 어이없다는 듯 투덜거렸다.

평소에 그가 상상했던 것보다 최소한 열 배는 더 많은 숫자였던 것이다.

적사가 정중히 대답했다.

"제가 알기로는, 하남에는 천하무림의 문파와 방파 사분의 일 정도가 모여 있습니다. 무림 전체로 치자면 오천 개가 훨씬 넘는 숫자입니다."

"어마어마하군!"

웬만해선 기가 질리지 않는 현악마저도 이 순간만큼은 혀를 내둘렀다.

"계속하게."

초곤이 고개를 끄덕였다.

방금까지는 서막에 불과했다. 이후 적사의 입을 통해서 흘러나오는 설명은 이들 일행이 태행산 남단의 어느 산봉우리에서 굽이치는 황하를 굽어보며 '자! 저기가 중원이다!' 라며 활활 불태웠던 야망에 찬물을 끼얹기에 부족함이 없었다.

"속하는 천삼백여 문파와 방파를 세력과 문파 고수들의 수, 지배 영역의 크기, 하남 무림에 끼치는 영향력 등을 고려하여 모두 십 등급으로 분류했습니다."

천삼백여 문파와 방파들의 위치와 이름만 확인하는 일만으로도 입에 거품을 물 만큼 끔찍할 지경인데, 적사는 그것들을 모조리 분류, 분석했다는 것이다.

"그 결과 이 지도상에는 육등급에서 십등급까지는 기록하지 않았습니다. 그들 문파와 방파들은 문파 고수도 백 명 미만일 뿐 아니라 각 지방에 끼치는 영향력도 미미한, 그저 무도관 정도의 규모이기 때문입니다."

"그럼 천삼백여 개 중에서 얼마나 떨어져 나간 거지?"

늘 건성인 것 같고 매사에 데면데면한 현악이었지만 지금은 적잖이 긴장한 표정이었다.

"팔 할가량입니다."

현악은 진중한 표정으로 팔짱을 끼고 고개를 끄덕였다.

"음… 팔 할이라……."

그러나 그는 곧 의아한 표정을 지으며 적사에게 물었다.

"이봐, 적사. 그런데 팔 할이면 얼마나 되는 거지? 절반쯤은 되는 건가?"

불행하게도 그는 할(割)이 무엇을 의미하는지 몰랐다.

그러자 모두의 시선이 현악에게 집중됐다. 여태까지의 무겁던 분위기가 일시에 깨진 것은 당연했다.

현악은 의아한 표정을 지었다.

"뭘 봐? 그럼 너희들은 안다는 거야?"

초곤의 얼굴이 기이하게 일그러졌다.

"푸핫핫핫핫—!"

순간 초곤은 고개를 젖히고 파안대소를 터뜨렸다.

"핫핫핫핫!"

"호호호홋!"

그리고 채엽에 흑궁녀, 도무지 웃지 않는 적사마저도 웃음을 터뜨리고 말았다.

웃으면서 초곤은 깨달았다.

'그래, 웃자! 인상 쓴다고 해서 달라질 것은 없지 않은가!'

현악은 샐쭉해서 입술을 내밀었다.

"그래, 니들은 똑똑해서 좋겠다."

그 말에 중인은 또다시 배를 잡고 웃어댔다.

한참 만에 초곤이 현악의 어깨에 팔을 두르며 담담히 미소 지으면서 말했다.

"자네 덕에 무거웠던 마음이 풀어졌네. 그래, 편한 마음으로 보고나 듣자구, 우리!"

사실 초곤은 하남 무림의 판도가 이 정도로 거대할 줄은 상상조차 하지 못했다.

지난 석 달 동안 적사에게 중간 보고를 들을 때마다 가슴이 점점 더 답답해져서 남몰래 한숨만 토해냈던 그였다.

적사의 보고를 종합해 본 결과, 자신들의 실력으로는 하남 무림 변두리에 소방파를 개파하는 일조차 결코 녹록치 않을 것이라는 판단이 섰기 때문이다. 그래서 그는 이미 해체했던 풍사단을 다시 끌어 모아 하남 무림에 재개파를 해볼까 하고 심각하게 검토까지 했을 정도였다.

그러나 그나마도 결코 쉬운 일이 아니었다. 웬만한 지역에는 이미 뿌리를 내리고 있는 문파와 방파들이 위세를 떨치고 있었기 때문에 개파를 하자면 그들과의 피 터지는 싸움이 불가피했다.

그렇게 되면 온갖 불리함을 안고 싸워야만 할 것이다. 원래 굴러온 돌이 박힌 돌을 파낸다는 것은 결코 쉬운 일이 아니기 때문이다.

게다가 풍사단은 사파였다. 풍사단 시절의 사파 고수들을 불러 모아 개파한다면 결국 사파를 만들 수밖에 없는 일이다.

또한 대부분의 사파들은 은밀한 산속이나 물가에 둥지를 틀고 있어서 하남 무림이니 중원이니 하는 개념과는 차이가 있었다.

그것은 초곤이나 현악, 적사의 뜻에도 맞지 않았다. 그들은 정파도 사파도 아닌 방파를 개파하고 싶어했다.

적사는 지도를 가리키며 진중하게 다시 설명을 이었다.

"그렇게 해서 일등급에서 오등급까지 이백오십여 문파와 방파가 남았습니다. 지도에 붉고 크게 표시된 것이 일등급이고, 이등급은 황색, 삼등급은 청색. 사등급은 갈색, 오등급은 흑색입니다. 참고로 일등급은 소림사 정도의 규모로서 세 곳뿐입니다."

"나머지 둘은 뭐지?"

궁금한 것은 참지 못하는 현악이 또 물었다.

"유성보와 금궁(金宮)입니다."

"유성보는 알겠는데 금궁은 뭐야?"

"천하에서 돈이 제일 많은 방파입니다."

"돈……."

현악의 표정이 묘하게 변했다.

"어떤 면에서는 무공보다 더 강한 것이 돈입니다."

"그럴 수도 있지. 아니, 그 말이 틀림없어."

은자 한 냥의 이문을 남기려면 몇 날 며칠 코피 터지도록 일을 해야 한다는 사실을 너무도 확실하게 경험했던 현악이 돈의 위력을 모를 리 없었다.

현악이 다시 뜬금없이 불쑥 물었다.

"적사, 풍사단 정도면 몇 등급이지?"

"……."

그런데 웬일인지 적사는 금세 대답하지 못했다. 대신 그는 적잖이 당황하는 표정으로 슬쩍 초곤을 쳐다보았다.

게다가 실내에는 무덤 속 같은 무거운 침묵이 새벽 안개처럼 자욱하게 흐르고 있었다.

현악이 의아한 표정으로 좌중을 둘러보자 모두의 표정이 돌처럼 굳어 있었다.

"왜들 그래? 내가 뭘 잘못 물었나?"

현악은 초곤을 쳐다보았다.

초곤의 얼굴은 굳다 못해서 아예 한 겹의 얼음이 뒤덮인 것처럼 냉막했다. 그것은 다름 아닌 자괴감이었다.

그러나 잠시 후 초곤은 나직이 한숨을 토해낸 후 가볍게 적사를 나무랐다.

"뭘 하는가? 현 형이 묻고 있지 않나?"

웬만한 일에는 구애받지 않는 적사도 지금만큼은 어렵사리 말문을 열었다.

"칠… 등급입니다."

산서 무림에서 세력이나 규모 면에서 다섯 손가락 안에 꼽히던 풍사단이 하남 무림, 즉 중원에서는 고작 칠등급이라는 것이다.

초곤과 흑궁녀, 채엽은 조금 전보다 더 착잡한 표정을 지었고, 적사는 내심을 겉으로 드러내지 않으려고 애쓰는 것 같았다.

그러나 뜻밖에도 현악은 전혀 놀라지 않았다.

"비검문은?"

"육등급입니다."

"풍사단이나 비검문의 휘하 고수는 둘 다 백 명이 넘는데 어째서 오등급 이상이 아닌 거지?"

현악의 의문은 당연했다.

"제가 등급을 매긴 최종적인 가치 기준은 힘[力]과 세력입니다."

"그럼… 풍사단과 비검문의 힘이 하남 땅에서는 각각 칠등급과 육등급이라는 뜻이로군?"

"그렇습니다."

"그렇군. 이제 알겠어."

현악은 비로소 고개를 끄덕였다. 모두가 수치심을 느끼는데도 그는 태연했다.

"계속해 봐."

초곤은 씁쓸한 기분을 떨쳐 내기가 어려웠다.

산서에서의 강자가 하남에서는 명패도 내밀지 못할 정도였으니 당연한 심정일 것이다. 그것이 바로 이들 앞에 너무도 거대하게 놓여 있는 중원이고 현실이었다.

척!

"현재 우리의 조건과 능력, 지역적인 특성 등을 감안했을 때 개파하기 가장 적합한 장소는 바로 이곳입니다."

적사가 지도 상의 동남쪽을 짚었다.

"회양현(淮陽縣)에서 서쪽으로 오십여 리 거리에 있는 주가구(周家口)라는 곳인데, 영하(穎河)의 중류에 위치해 있습니다."

초곤이 오랜만에 입을 열었다.

"그곳을 적지라고 판단한 이유는 뭔가?"

"강의 상류가 등봉현(登封縣)에 이르고 하류는 회하(淮河)와 합류합니다. 또한 십여 개의 강줄기가 주가구에서 합쳐지기 때문에 수로(水路)를 통한 교역이 활발하여 시골 마을이라고는 하지만 웬만한 현 못지않게 번성한 곳입니다. 게다가 일등급에서 오등급까지의 문파나 방파가 한 곳도 없는 유일한 지역입니다."

일등급에서 오등급까지의 문파나 방파가 하나도 없다는 사실이 가장 매력적이었다.

"음… 괜찮군."

초곤은 신중한 표정으로 설명을 듣고는 턱을 주억거렸다.

현악은 또 의문이 생겼다.

그는 현재 강호에 대해서 부단히 배우고 있는 중이었다. 강호에서 활동하자면 무공 실력 뿐 아니라 지식도 겸비해야 한다는 사실을 얼마 전부터 절실히 깨달았기 때문이다.

모르는 것이 있으면 반드시 알아야 하고, 그것을 내 것으로 만들어야 직성이 풀리는 그였다.

"강 이름이 영하라고 했나? 어쨌든, 영하의 상류가 등봉현에 이르고 하류가 회하와 합류한다는 것이 왜 그곳을 개파 장소로 선택한 이유에 포함되는 거지?"

"등봉현에는 숭산(嵩山)이 있으며, 회하는 안휘(安徽) 땅 전체를 휘 돕니다. 즉, 영하는 하남 땅 한복판을 서북쪽에서 동남쪽으로 가로지른다는 뜻입니다."

"아!"

현악은 나직한 탄성을 터뜨렸다. 자세히는 모르겠지만 대충은 알 것 같았다.

강이 하남 땅 한복판을 가로지르고 있으며 그 중류에 주가구가 위치해 있었다. 그것은 언제든지 배를 타기만 하면 어디든 못 갈 곳이 없다는 뜻이었다.

적사는 현악을 보며 친절한 미소를 지어 보였다.

"쾌검왕님, 등봉현 숭산에는 소림사가 있고, 그곳에서 낙양까지는 불과 오십여 리 거리입니다. 또한 회하는 안휘의 거대한 네 개의 호수와 이어지면서 안휘 전체를 휘돌다가 장강과도 연결됩니다. 이게 무슨 뜻인지 아시겠습니까?"

현악의 머리가 밝아졌다.

"응. 장강은 대륙 한복판을 서쪽에서 동쪽으로 가로지른다. 그러니까 주가구에 개파하면 천하 어디라도 빠르고도 쉽사리 갈 수 있다는 뜻이겠지?"

"그렇습니다."

"그런데 말이야, 이상한 게 있어."

현악의 의문은 먹구름처럼 끝없이 피어났다.

"단지 방파 하나를 개파하는 거라면 그저 물 좋고 목 좋은 곳이면 그만이잖아? 그런데 무슨 절차가 이렇게 복잡한 거지?"

현악과 많이 친해진 흑궁녀가 거들었다.

"총사는 원래 그래요. 한 가지를 하더라도 완벽을 기하니까 실패할 확률이 적은 거예요."

적사가 고개를 끄덕였다.

"이번 일에는 우리 모두의 사활이 걸렸습니다. 게다가 여긴 산서가 아닌 중원입니다. 나아갈 길과 빠져나갈 길을 갖추고, 새롭게 개파한 방파를 더욱 발전시키려면 이 정도 조사는 당연합니다."

뜻밖에 현악은 고개를 가로저었다.

"적사, 내 생각은 좀 달라."

적사는 정중히 고개를 숙였다. 현악이 뜬금없는 말을 하긴 해도 예리하다는 것을 그는 이미 알고 있었다.

"고견을 말씀해 주십시오?"

"고견?"

현악 뒤에서 채엽이 허리를 굽히며 속삭였다.

"형님 생각을 말씀하시라는 겁니다."

"아! 내 생각? 쉽게 말하자구, 쉽게!"

중인은 현악과 채엽이 의형제가 된 사실을 까맣게 모르고 있었기 때문에 채엽이 현악을 '형님'이라고 부르자 적잖이 놀라는 표정을 지었다.

그러나 지금은 그런 것을 논할 때가 아니었으므로 아무도 입을 열지 않았다.

현악의 눈이 예사롭지 않게 빛났다.

적사는 그 눈빛을 발견하고 부지중 긴장했다.

그는 현악을 만난 이래 그가 지금 같은 기이한 눈빛을 발하는 것을 처음 봤다.

"내 꿈은 말이야, 천하를 발 아래 두는 거야."

그야말로 허무맹랑하고 황당무계한 소리다, 천하를 발 아래에 둔다는 것은. 이제 겨우 산서 무림에서 쾌검왕이라는 별호를 얻은 일개 소년 검객과 변방인 산서 무림 사파의 절반을 차지하고 있던 풍사단의 사파 고수 네 명이 천하를 꿈꾼다는 것은 개도 웃을 일이었다.

그러나 아무도 웃거나 농담으로 받아들이지 않았다. 오히려 모두의 얼굴이 굳어졌고 호흡이 빨라졌다.

이윽고 현악의 조용하면서도 진중한 목소리가 실내를 나지막이 울렸다.

"우리 한번 천하를 거머쥐어 보지 않겠나?"

적사는 현악이 그렇게 말할 때 그의 두 눈에서 맑은 정광이 뿜어지는 것을 보았다. 그렇다면 결코 헛소리는 아니다.

현악은 초곤을 쳐다보았다.

"초 형 생각은 어때?"

마치 '술이나 한잔하지 않을 텐가?' 라고 예사롭게 묻는 듯한 말투였다.

초곤은 즉시 대답하지 않았다.

그러나 그의 머리털이 빳빳하게 곤두서 있고 얼굴이 붉게 상기되어 있는 것으로 미루어 봐도 그가 지금 어떤 기분일는지 쉽게 짐작할 수 있었다.

"음… 말만 들어도 피가 끓는군."

초곤은 오랫동안 참았던 숨을 토해내듯이 입을 열었는데, 눈빛이 이글거리고 있었다.

현악은 무겁고 긴장된 분위기를 편하게 만드는 기술이 있었다. 그는 호방한 웃음을 터뜨렸다.

"하하하! 말만 들어도 피가 끓는다는 건가? 그럼 그걸 행동으로 옮기면 살이 떨리지 않을까?"

"아마 그렇겠지."

"이봐, 초 형."

"말하게."

슬쩍 건드리기만 해도 방 전체가 폭발해 버릴 듯한 긴장감이 실내에 가득했지만 두 사람의 목소리는 여유로웠다. 아니, 어쩌면 터질 듯한 긴장과 흥분을 여유로 가장하고 있는지도 몰랐다.

"우리 살 한번 떨려보지 않겠나?"

초곤은 대답 대신 현악을 쳐다보았다.

엷은 미소를 짓고 있는 현악.

겨울 바닷가의 바위처럼 굳건한 표정의 초곤.

그러나 두 사람의 두 눈에서 활화산처럼 타오르고 있는 거대한 야망의 불길은 서로 닮아 있었다.

사실, 초곤이 풍사단을 해체하고 중원으로 진출한 최종 목표는 천하를 도모하자는 것이었다.

그에겐 하늘을 덮고도 남을 패기가 있었고, 곁에는 제갈량에 견줄 만한 두뇌의 소유자인 적사와 충성스러운 흑궁녀가 있다. 그리고 무엇보다도 중요한 역천도법이 있었다.

지금은 비록 삼성의 수준이지만, 장차 극성까지 익혔을 때 그는 천하에서 적수를 찾아보기 힘들게 될 것이다.

그랬기에 그는 천하제패의 웅대한 야망은 그때 가서 도모하기로 하고, 지금은 그 교두보로서 중원인 하남에 방파를 개파하려는 것이었다.

결국, 현악과 초곤은 똑같은 야망을 가슴속에 품고 있었던 것이다. 그것을 현악이 먼저 입 밖에 꺼냈을 뿐이다.

초곤은 지금 이 순간만큼은 끓어오르는 내심을 굳이 감추려고 하지 않았다.

슥—

"좋아! 해보세!"

초곤이 솥뚜껑처럼 큰 손을 내밀었다.

콱!

"하는 거다!"

두 사람은 서로의 손을 힘껏 잡았다. 그 손을 통해서 뜨거운 열정과

신념이 전해졌다.

초곤이 현악의 손을 잡은 채 웅혼하게 입을 열었다.

"십 년이 걸리든, 이십 년이 걸리든, 아니면 하다가 죽더라도 우리 해보자!"

"아니, 그건 안 돼."

현악이 곤란하다는 듯한 표정으로 고개를 가로저었다.

모두 의아한 표정으로 현악을 주시했다.

"삼 년 안에 이루어야 하고, 반드시 살아 있어야만 해."

초곤은 약간 어이없는 표정을 지었다.

"왜 삼 년이지?"

현악의 대답은 간단명료했다.

"마누라에게 약속을 했거든."

채엽을 제외한 세 사람은 의아한 표정을 지었다. 초곤은 현악에게 부인이 있다는 말을 들어본 적이 없었다.

"자네 부인이 누군가?"

당연한 질문이었다.

현악은 오히려 의아한 표정을 지었다.

"내가 풍사단에서 혼절해 있는 동안 내 마누라가 한 번 찾아왔었다 던데, 자네 못 봤나?"

봉황일미!!

초곤과 적사와 흑궁녀는 경악지색을 떠올렸고, 현악과 채엽은 흐릿 하면서도 득의한 미소를 짓고 있었다.

◆제30장◆
태풍처럼! 정면돌파!

현악 일행은 광무현의 벽풍장을 떠나 낙양 바로 아래에 위치해 있는 등봉현으로 향한 다음, 그곳 영하의 상류에서 배를 한 척 구해 배에서 생활하며 강을 따라 내려가다가 칠 일 만에 마침내 주가구에 도착했다.

주가구는 예상했던 것보다 훨씬 크고 번화했다.

인구는 무려 십만이 넘었고, 인근 오십여 리 일대에 터를 잡은 방파와 문파의 수효만도 삼십여 개에 달했다.

세 개의 포구에는 크고 작은 수많은 배들이 정박해 있었고, 하루에도 수백 척의 배가 온갖 물건들을 가득 싣고 하남과 안휘를 향해 떠나고 도착하느라 분주했다.

하남은 완연한 서고동저(西高東低)의 지형이다.

즉, 서쪽은 산악 지대였으며, 동쪽은 평야 지대로써 수많은 강들이 서북쪽에서 발원하여 동남쪽으로 흘렀다.

하남의 북쪽을 서에서 동으로 가르는 황하와 서남쪽에서 발원한 몇 줄기의 강들이 남쪽으로 흘러 호북의 한수(漢水)로 흘러드는 것을 제외하면 하남의 거의 모든 수십 개의 강과 지류들은 안휘의 회하로 흘러들고 있었다.

영하는 그중에서도 가장 크고 긴 강이다.

주가구 이십여 리 상류에서 두 개의 큰 물줄기가 합쳐져서 영하를 이루고 있었다. 서쪽에서 흐르는 강이 영하의 본류이고, 동쪽의 강이 가노하(賈魯河)로서, 그 최상류에서 개봉의 거리는 이십여 리에 불과할 정도로 가깝다.

또한 낙양은 주가구에서 서북쪽에 있으며 거리가 오백여 리, 개봉은 북쪽에 있으며 거리는 사백여 리이며, 주가구에서 안휘 경계까지는 백여 리로서 수로로는 이틀 거리이다.

이 정도면 주가구가 어째서 하남 남부 지역 수로 교통의 요충지이며 각 지방 문물의 중간 경유지가 됐는지 더 이상의 설명은 입만 아플 터이다.

산서의 안택현은 그 번성함이 일개 촌락인 주가구에 비해 절반에도 미치지 못했다.

주가구에서 가장 번화한 지역은 당연히 세 개의 포구였다. 이들 세 곳의 포구는 사오 리 간격으로 떨어져 있는데, 서로 연결되어 하나의 거대한 성내를 이루고 있었다.

현악 일행은 세 곳의 포구 중 가장 번화한 복판의 심곡포(深谷浦) 어느 이층 객잔에 여장을 풀었다.

그로부터 닷새가 지났다.

"오늘도 헛걸음만 했습니다."

땅거미가 지고서도 한 시진이 지난 후에야 적사와 흑궁녀, 채엽은 지친 모습으로 객방에 들어섰는데, 그렇게 말하는 적사의 얼굴에는 피곤함보다는 미안함이 가득했다.

세 사람은 무기도 지니지 않은 모습이었다.

타지에서 섣불리 무기를 지니고 다니다가 토박이들 눈에 띄어서 괜히 시비라도 붙게 되면 좋을 게 없다는 적사의 말에 따랐기 때문이다.

"오늘은 주가구에서 삼십여 리 이상 먼 곳까지 둘러봤는데도 역시 매물로 나온 장원은 하나도 없었습니다."

피곤하게 보이지 않으려고 애쓰면서 말하는 적사와는 달리 채엽은 금방이라도 쓰러질 것 같은 얼굴로 거들었다.

"에구구, 주가구로 몰려드는 각지의 장사치들이 성내의 건물과 장원을 자신들의 지점이나 객관으로 사용하려고 혈안이 돼 있어서 매물이 나오기가 무섭게 사라진다고 합니다요, 글쎄."

현악과 초곤은 노대(露臺:발코니)의 탁자에 마주 앉아서 포구의 화려한 불빛을 바라보며 술을 마시고 있다가 앉은 채로 세 사람을 맞이했다.

"대안은 있나?"

초곤은 시선을 포구에 고정시킨 채 술잔에 술을 따르며 무겁게 입을 열었다.

적사는 약간의 난색을 표했다.

"있습니다만 어려운 일입니다."

그때 현악이 초곤을 나무랐다.

"나도 인정머리없다는 소리 많이 들었지만 초 형은 더 심한 것 같군 그래?"

초곤은 술잔을 입으로 가져가다가 의아한 표정으로 현악을 쳐다보았다.

"무슨 소린가?"

다른 사람이 백날 떠들어봐야 외눈 하나 까딱하지 않는 초곤이지만 현악에게만은 달랐다. 언젠가부터 초곤은 현악에게는 자신의 속내를 조금씩 드러내 보이고 있었다.

현악은 혀를 차면서 적사 등을 가리켰다.

"쯧쯧. 저것 보게. 파김치가 된 몰골이 안 보이나? 좀 쉬게 하면서 묻게."

"아니, 저희는 괜찮습니다. 개의치 마십시오."

적사는 정중하게 손을 저었다.

그러자 현악이 정색을 하며 똑바로 적사를 주시했다.

"적사, 내가 누군가?"

적사는 가볍게 움찔했다.

그의 입에서 또 무슨 돌출 발언이 나올지 그는 벌써부터 등줄기에 땀이 솟았다.

"쾌… 검왕님이십니다."

"만약 내 질문에 거짓을 고한다거나 내 말을 거역하면?"

현악의 말과 표정에 위엄이 깔렸다.

"죽어야 합니다."

그 서슬에 적사는 허리까지 굽히면서 대답했고, 흑궁녀와 채엽은 바짝 긴장해서 자세를 고쳤다.

그리고는 현악 입에서 흘러나온 느닷없는 질문.

"지금 무척 피곤하지?"

거짓을 고하면 죽어야 한다는 방금 전 적사의 말의 여운이 아직 실내를 감돌고 있었다.

현악은 농담처럼 말하면서도 얼굴 표정은 엄숙했다.

"대답이 늦어도 죽어야겠지?"

"…피… 피……."

적사의 얼굴에 피가 몰려서 벌게졌다.

"피가 뭐?"

"음… 피곤… 합니다……."

현악의 얼굴이 엄숙함을 넘어서 준엄하게 변했다.

"쉬고 싶지?"

"…네……."

"그럼 이리 와서 쉬어."

현악은 순식간에 얼굴에서 엄숙과 준엄을 깡그리 없애고는 언제 그랬느냐는 듯이 빙그레 미소를 지으면서 손을 까딱거리며 세 사람을 불렀다.

"피로에는 그저 술이 최고지."

적사는 방금 전에 현악의 말을 거역하면 자신이 죽어야 한다고 대답했었다. 하지만 이 자리가 어딘가? 하늘 같은 흑사신과 그의 친구가 대작을 하고 있는 지엄한 자리다.

현악은 슬쩍 가볍게 인상을 쓰며 말했다.

"자네들, 자결하든지, 이리 와서 술을 마시든지 선택하라구."

세 사람은 어쩔 줄 모르고 서로의 얼굴을 보면서 당황했다.

"푸핫핫핫핫—!"

그러자 갑자기 초곤이 파안대소를 터뜨렸다.

그는 현악 때문에 지난 몇 달 동안 평생 동안 웃을 웃음을 한꺼번에 다 웃어버렸다. 현악하고 함께 있는 동안에 그가 한 일이라고는 침묵하든지, 파안대소하든지 둘 중 하나였다.

"모두들 이리 오게."

초곤의 한마디에 세 사람은 주춤주춤 다가와 조심스럽게 탁자 주변 의자에 엉덩이를 걸쳤다.

현악이 소매를 걷어붙이고 적사부터 술을 따라 주며 호방하게 껄껄 웃었다.

"핫핫! 우린 가족이야, 가족! 자! 한잔들 하라구!"

가족······.

모두들 참으로 오랜만에 들어본 말이었다.

술이 몇 순배 돌았을 때 적사가 공손히 입을 열었다.

"속하가 대안으로 계획한 것은······."

"그런데 왜 군이 장원을 얻어야 하는 거지?"

그러나 현악이 불쑥 끼어드는 바람에 그는 말을 끝내지 못하고 현악의 물음에 대답해야만 했다.

"개파를 하려면 장원을 한 채 얻은 후 차근차근 시작해야 합니다. 주변 정세도 살펴야 하고 개파할 장소를 물색하는 것은 물론, 고수들을 모아야지요."

"틀렸어. 그게 아니야."

현악은 일언지하에 고개를 가로저었다.

"호랑이, 즉 맹호(猛虎)가 다른 산의 영역을 차지하려고 할 때 어떻게 하지?"

순간 적사는 목이 뻣뻣해지고 입 안에 침이 바짝 말랐다. 요즘 들어 긴장하면 생기게 된 현상이었다.

그가 새로 모시게 된 쾌검왕이라는 인물은 도무지 속을 알 수 없는 사람이었다.

헤프게 웃거나 팔 할이 뭔지도 모른다고 너스레를 떨 때는 단순하게도, 무식하게도 보였다. 그런데 지금처럼 날카롭게 말할 때는 듣는 사람이 마치 심장에 일침을 찔린 듯 숨이 콱 막혔다.

적사는 다는 아니더라도 현악이 하려는 말뜻을 어느 정도는 예감하며 조심스럽게 대답했다.

"그 산의 주인인 맹호와 사생결투를 벌입니다."

"결과는?"

"모두 잃거나 모두 얻게 됩니다."

"우린 뭐지? 맹호인가? 아니면 고양이인가?"

"……."

초곤을 포함한 모두는 극도로 긴장하여 호흡마저 멈췄다.

현악은 모두가 자신을 주시하고 있는데도 개의치 않고 천천히 술잔을 비웠다.

그의 그런 모습은, 어떻게 보면 좌중에 팽팽하게 흐르는 긴장감을 아예 무시하는 것처럼 보이기도 했고, 달리 보면 즐기는 듯한 행동이기도 했다.

적사는 현악이 요구하는 대답을 알고 있었지만, 자신의 대답 뒤에 현악이 무슨 말을 할 것인지 마저도 짐작하고 있었으므로 쉽사리 입을 떼지 못했다.

"현 형 말이 옳다. 우린 맹호지."

그때 적사 대신 초곤이 묵직하게 입을 열었다.

현악은 씨익 미소 지었다.

"그렇다면 맹호답게 행동해야겠지?"

초곤은 고개를 끄덕이고는 적사에게 명령했다.

"적사, 우리가 깨부수고 접수할 만한 적당한 방파를 물색해라."

"아냐! 그게 아니지!"

현악이 또 손사래를 쳤다.

이번에는 무슨 기발한 수가 나올지 네 사람의 시선이 일제히 현악에게 집중됐다. 그중에서도 적사는 사뭇 불안한 표정이었다.

"우린 장차 천하를 집어삼킬 맹호들이 아닌가! 그런데 적당한 방파라는 것은 성이 차지 않아!"

"자네 뜻은?"

현악의 내심을 추측하는 사람은 아무도 없었다. 단지 적사만이 어렴풋이 짐작할 뿐이었다.

현악은 초곤의 물음에 대답 대신 적사에게 물었다.

"이봐, 자네. 설마 지난 닷새 동안 장원만 알아보러 다닌 것은 아니겠지?"

현악은 원래 배운 게 없어서 무식했지만 무지하진 않은 사람이다.

또한 무식은 배움으로 보완될 수 있지만, 무지는 죽어서도 고쳐지지 않는다.

"그렇습니다. 쾌검왕님께선 이곳 주가구에 대해서 무엇이 궁금하십니까?"

어느덧 두 사람은 죽이 척척 맞기 시작했다.

"주가구 전체를 쥐락펴락 하는 방파."

그 말에 네 사람은 만면에 극도의 놀라움을 떠올렸으며, 네 개의 심장은 이미 돌이킬 수 없는 흥분으로 거세게 뛰고 있었다.

"꿀꺽!"

적사는 마른침을 삼켰다. 그는 평소에 이 정도로 긴장해 본 적이 없었다. 그러나 지금 그는 자신이 마른침을 삼켰다는 사실조차 모를 정도로 긴장하고 있었다.

언제나 차가운 그의 뇌가 현악을 달리 인지하기 시작했다.

'아! 잠룡(潛龍)이다, 이 사람은!'

머리 다음은 가슴이 현악을 인식할 차례다.

'잠룡이 이제 수면 위로 떠오르려고 한다!'

적사는 지금 자신이 느끼고 있는 벅찬 희열과 격동을 맹세코 이날까지 한 번도 느껴본 적이 없었다.

이제부터 그의 뇌와 가슴은 그런 것을 자주 느껴야 할 테고, 익숙해져야 할 것이라고 그의 본능이 속삭였다.

이윽고 적사는 흥분을 추스른 후 약간 가라앉은 음성으로 공손히 말문을 열었다.

"명문 정파인 대흥방(大興幇)과 사파인 수룡채(水龍寨)입니다."

현악은 고개를 끄덕였다.

"좀 더 자세히."

그 자신도 모르고 있던 잠재력이라는 것이 햇살 아래 꽃봉오리를 터뜨리듯 서서히 벌어지고 있었다.

초곤과 흑궁녀, 채엽은 현악의 얼굴에서 시선을 떼지 못했다. 그들은 잠룡의 부상을 지켜보고 있는 중이었다.

"대홍방은 육등급에 속합니다. 예하 고수는 삼백여 명, 대홍방주인 벽력도(霹靂刀) 전굉(全宏)은 명망 높은 정파 고수로서 속하는 그를 사류급으로 분류했습니다."

"사람도 등급을 매긴 것인가?"

"그렇습니다. 백무신은 무조건 일류급이며, 이류급부터는 방파의 등급과 상관없이 각자의 실력과 여태까지의 전적(戰績)만으로 점수를 매겼습니다."

"음… 수룡채는?"

"수룡채 역시 육등급으로 분류됐으며, 영하 본강과 십여 개 지류에서 활동하고 있는 서른일곱 개 수로채의 본채입니다. 예하 고수는 대략 칠백여 명으로 추산되며, 수룡채주인 수룡사왕(水龍邪王)은 오류급입니다."

"대홍방 예하 고수가 삼백여 명, 수룡채는 칠백여 명인데도 육등급인 것은 풍사단과 같은 이유인가? 즉, 예하 고수들 수준이 오합지졸이라는 뜻이렷다?"

그 말에 초곤과 흑궁녀의 얼굴이 뜨거워졌지만 현악은 아랑곳하지 않았다.

"그렇습니다."

적사는 다른 의미에서 과거를 부끄러워하지 않았다.

과거란 현재의 밑거름이며 미래를 여는 거울이다. 지난 과거보다 더 나은 현재와 미래를 만들지 못하는 사람은 과거를 부끄러워해야 마땅할 것이다. 하지만 과거가 만들어놓은 미래의 계단 위로 당당하게 걸어 올라가는 사람은 그럴 필요가 없는 것이다.

현악은 골똘한 생각에 잠겨 중얼거렸다.

"대홍방과 수룡채라……."

그럴 때의 그의 모습이나 표정, 분위기에서는 평소의 모습을 추호도 발견해 낼 수 없었다.

이윽고 현악은 초곤에게 시선을 던지며 불쑥 말했다.

"초 형이 정하게."

이제는 돌이킬 수 없었다.

맹호들은 이미 이빨을 드러내며 산을 떠났다.

"대홍방으로 하지."

잠시 후 초곤은 조용히 입을 열었는데 긴장감으로 목소리가 갈라져 있었다.

그렇게 대홍방의 운명이 심곡포의 객잔 노대에서 은밀하게 결정되었다.

그 후, 오랜 침묵이 흘렀다.

천하를 거머쥐겠다고 떠들어대던 현악도 입을 꾹 다물고 굳은 얼굴로 깊은 생각에 잠겨 있었다.

객잔 노대에 현악과 초곤이 나란히 서서 밤하늘을 응시하고 있을 때 현악이 중얼거리듯 입을 열었다.

"현 형, 우리 스스로를 시험해 보지 않겠나?"

"어떻게?"

"원래 맹호는 들개 무리를 두려워하지 않는 법이네."

초곤은 밤하늘에서 시선을 거두지 않았다.

"당연하지."

"그러니까 우린 대홍방의 삼백여 들개 떼를 두려워할 필요가 없는 걸세."

"난 원래 두려워하지 않았어."

"그렇다면 결론은 나왔군."

"정면 돌파인가?"

그제야 두 사람은 서로의 얼굴을 쳐다보았다.

"우리 둘이서!"

"좋아, 둘이서!"

초곤은 주먹을 움켜쥐었다. 가슴속이 거센 불길처럼 활활 타올랐고, 호흡이 거칠어졌다.

그는 지금처럼 기분 좋은 흥분과 투지를 느끼기는 태어나서 처음이었다.

"이 정도에 실패한다면 우린 천하를 거머쥘 자격이 없는 거야, 안 그런가?"

"하하하! 초 형을 만난 이래 가장 멋진 말을 들었군!"

그때 두 사람 뒤에서 갑자기 흑궁녀가 공손하지만 간곡한 어조로 말했다.

"속하도 끼워주십시오."

"염교, 네가 나설 자리가 아니다."

초곤은 뒤도 돌아보지 않고 잘라 말했다.

"끼워주게, 초 형. 교아는 암호랑이가 아닌가? 모르긴 해도 단단히 한몫할 거야."

현악은 그렇게 말하고는 흑궁녀를 돌아보며 한쪽 눈을 찡긋해 보였다.

흑궁녀는 지나치게 긴장해 있다가 미소로 화답하려 애썼는데 끝내 미소는 만들어지지 않았다.

"좋아, 죽어도 상관없다면 염교 너도 가자!"

초곤의 명령이 떨어졌다. 그는 웬만해서는 현악의 말을 거스르지 않았다.

"감사합니다."

그제야 흑궁녀는 가볍게 얼굴을 붉히면서 깊숙이 허리를 굽혔다.

새날이 밝았다.

동이 터 오른 것과 동시에 쾌검왕, 흑사신, 흑궁녀 세 사람은 대흥방을 향해 떠날 준비를 했다.

현악, 초곤 두 사람이 과연 천하를 거머쥘 수 있을 것인가. 아니면 두 마리 독수리가 첫 비상에서 날개가 부러져 추락하고 말 것인가를 가늠하게 되는 중요한 날이었다.

천 리 길도 첫걸음부터 시작되고, 옷을 입을 때에도 첫 단추부터 잘 끼워야 하는 법.

세 사람은 공격하는 시기를 야밤으로 잡지 않았다.

암습이 아니라 정정당당한 도전이기 때문이었다.

"저희가 할 일을 하명해 주십시오."

떠나는 세 사람에게 적사가 공손히 물었다.

"좋은 술을 준비해 둬."

현악은 마치 산책이라도 가는 듯 여유롭게 객방을 나서며 태연히 말했다.

"술이라고 하셨습니까?"

"하하! 우리가 살아서 돌아오면 축하주가 될 것이고, 죽으면 송별주로 삼게!"

"……."

나란히 선 적사와 채엽은 아무 말도 하지 못했다.

생사를 확신할 수 없는 길을 떠나는 세 사람에게 마땅히 해줄 말이 없었다.

객잔을 나서는 세 사람은 심신이 날아갈 것처럼 상쾌했다.

혈인검이 아침 해를 받아 은은한 혈광을 뿌리는 것이 마치 곧 있게 될 피의 제전을 예고하는 것 같았다.

쿵쿵쿵!

초곤의 커다란 주먹이 대홍방의 거대한 전문을 묵직하게 두드렸다.

이후 그는 현악에게 담담히 물었다.

"어떤 방법으로 시작하는 게 좋을까?"

"조자룡처럼."

복판에 선 현악이 짧게 대꾸했다.

초곤은 즉시 알아듣고 가볍게 고개를 끄덕였다.

"알았네. 태풍처럼!"

그그궁—

그때 육중한 음향을 내며 전문의 한쪽이 서서히 안쪽으로 열리기 시작했다.

대홍방의 수문 무사 다섯 명은 전문밖에 나란히 서 있는 세 사람을 보며 의아한 표정을 지었다.

오른쪽의 흑포사내는 작은 산처럼 거대한 체구에 어깨에 대도 한 자루를 메고 온몸에서 흉내 낼 수 없는 패도적인 기운을 줄기줄기 뿜어내고 있었고, 가운데 핏빛 혈의를 입은 소년은 얼굴만 앳되어 보일 뿐이지 체구는 웬만한 어른보다 당당했다. 어깨에는 그가 입고 있는 혈의보다 더 붉은 한 자루 혈검을 멘 채 무심한 표정이었으며, 몸에 착 달라붙는 흑의를 입은 왼쪽의 소녀는 양어깨에 흑궁과 전통을 메고 허리 뒤에는 한 자루 도를 찬 채 긴장한 듯 굳은 표정이었다.

세 사람을 보는 수문 무사들은 같은 생각을 하고 있었다. 세 사람이 좋은 목적으로 찾아오지는 않았을 것이라는.

"무슨 일이오?"

수문 무사 중 한 명이 나름대로의 위엄을 보이며 입을 열었다.

대홍방은 주가구 오십여 리 일대의 패자다.

누구든 함부로 전문을 두드려서는 안 된다는 경고가 그 물음에 담겨 있었다.

빙긋!

문득, 현악의 입가에 흐릿하며 기이한 미소가 피어올랐다.

휘익!

획!

그 미소가 신호인 듯 세 사람은 각자의 무기를 잡은 채 쏜살같이 전문 안으로 쏘아 들어갔다.

다섯 명의 수문 무사는 움찔 놀라 급히 물러서며 어깨의 도검을 뽑으려고 했지만 뜻을 이루지 못했다.

촤악!

파곽!

"흐악!"

"크아악!"

혈인검이 뽑히며 순식간에 두 명의 목줄기에 구멍을 뚫었고, 대도가 두 명의 목을 잘라 두 개의 머리통이 허공으로 둥실 떠오르게 만들었으며, 반월처럼 휘어진 짧은 도가 한 명의 가슴을 가로로 쪼갰다.

수문 무사들이 처절한 비명을 터뜨릴 때 현악 등 세 사람은 이미 그들을 스쳐지나 삼 장쯤 쏘아가고 있었다.

이윽고 세 사람은 넓은 마당 한복판에 전문을 등지고 나란히 우뚝 멈췄다.

대흥방은 과연 만만하게 볼 방파가 아니었다.

수문 무사들의 비명성이 청명한 아침 하늘을 날카롭게 찢으면서 퍼져 나간 직후 현악 일행이 마당 한복판에 도달할 정도의 짧은 시간이 경과했을 때, 삼면의 전각에서 똑같은 복장의 고수들이 무더기로 쏟아져 나오고 있었다.

그야말로 신속하고 일사불란한 대응. 그들은 주가구 일대 군소문파와 방파들, 그리고 무림인들이 무조건 한 수 양보한다는 대흥방 정예 무사들이었다.

"준비됐나?"

초곤이 오른쪽에서 쏘아오는 고수들을 주시하며 중얼거렸다. 산서 무림의 흑사신인 그의 음성이 가늘게 떨렸다. 그러나 그것은 두려움이나 긴장이 아니라 곧 벌어질 싸움에 대한 흥분 때문이었다.

"후후! 쓸어버리자구."

현악이 나직한 웃음을 흘렸다.

그 역시 두려움이나 긴장 같은 것은 없었다. 다만 몸속에서 거대한 그 무엇이 용솟음치면서 몸 밖으로 터져 나오려는 굉장한 기운을 느꼈다. 그리고 그는 오히려 그 기운을 억누르느라 진땀을 흘려야만 할 정도였다.

그로서는 태어나서 단 한 번도 느껴보지 못했던 괴이한 기운, 투지(鬪志)였다.

"전 준비됐어요."

흑궁녀는 이를 악물고 말했기 때문에 발음이 불분명했다. 어쨌든 그녀는 싸울 준비, 아니면 죽을 준비가 됐다는 뜻이다.

쐐아아—

지상에서, 그리고 허공의 삼면에서 파도처럼 쏘아오는 대홍방도들 전체 수효는 대략 오십여 명, 대홍방 전체 무사의 대략 육분의 일에 해당하는 숫자였다.

초곤과 흑궁녀는 각각 도를 뽑아 쥐고 오른쪽과 왼쪽으로 돌아서서 덮쳐 오는 대홍방도들을 쏘아보고 있었고, 현악은 두 손을 늘어뜨린 채 묵묵히 서 있었다.

촤아아—

오십여 명의 대홍방도들 중에 선두 십오 명이 허공과 지상의 삼면에서 현악과 초곤, 흑궁녀에게 각각 다섯 명씩 맹렬한 공격을 퍼붓기 시작했다. 그들의 공격은 조직적이고 치밀해서 마치 삼면에서 세 개의 절벽이 한꺼번에 조여오며 압박하는 듯한 느낌을 주었다.

현악은 혈인검을 잡은 손에 지그시 힘을 주었다.

'이제 나를 시험하겠다! 이기지 못하면 죽으리라!'

그리고 일말의 소리도 없이 혈인검이 검집을 벗어났다.

마침내 싸움이 시작됐다. 그리고 이 싸움이 끝나기 전에는 아무도 결과를 예측하지 못할 것이다.

넉 달 전까지만 해도 현악이 발검할 때에는 번쩍 하는 찰나지간의 섬광이 희미하게나마 보였는데, 어떻게 된 일인지 지금은 전혀 보이지 않았다.

우뚝 선 자세의 현악은 전면 허공에서 덮쳐 내리는 두 명의 대홍방도를 향해 전력으로 연달아 이검을 쏘아냈다.

발검하면서 일검, 착검하지 않고 최초 일검의 여력을 이용하여 십자(十字)를 그으며 다시 일검.

아무에게도 보이지 않지만, 눈이 빠른 현악에게만 보이는 아주 흐릿한 비늘 같은 검기 두 개가 허공으로 비스듬히 그러나 섬광처럼 쏘아져 갔다.

검기 역시 넉 달 전에 비해 거의 투명할 정도로 흐릿하게 보여서 현악조차도 식별하기가 어려웠다.

또한 넉 달 전과 비교할 수 없을 정도로 쾌속해진 검기였다.

퍽! 퍽!

쾌검을 사용하는 모든 검수들이 그러하듯이 현악 역시 그동안의 많지 않은 싸움 경험으로 상대의 급소를 노려야 한다는 사실을 자연스럽게 터득했고, 그가 목표로 삼는 부위는 목 한복판, 즉 목줄기였다.

두 개의 검기는 두 명의 대홍방도 목줄기를 정확하게 관통했다.

퍽! 퍽!

아니, 관통으로 끝나지 않았다.

목 뒤로 뽑혀져 나간 두 개의 검기 중에 하나는 허공으로 사라졌지만, 다른 하나는 뒤쪽 허공에 떠 있던 다른 한 명의 복부를 꿰뚫었다.

현악의 공력이 삼십 년에서 오십 년으로 증진된 결과였다.

이검이살일상(二劍二殺一傷). 즉, 이검에 둘은 죽고 하나는 부상을 입혔다.

목줄기에 엄지손톱만한 구멍이 뚫린 자들은 목의 앞과 뒤에서 시뻘건 피분수를 뿜어냈다.

쾌검마의 쾌검마류에 적중되면 한 방울의 피도 흘리지 않는다. 자령신공으로 발출된 검기가 상처 부위를 순식간에 태워서 혈맥을 봉해 버리기 때문이다.

그러나 현악은 아직 그 단계까지는 이르지 못했기에 적중 부위를 관통시키는 것으로 만족해야만 했다.

방금 현악에게 당한 세 명의 대홍방도가 추락해서 땅에 떨어지기도 전에 현악의 검이 착검했다가 발검하면서 다시 두 개의 검기를 뿜었다.

역시 소리도 없고 보이지도 않는 검기.

퍽! 퍽!

척!

두 개의 검기가 지상에서 공격해 오던 대홍방도 두 명의 목줄기를 관통하는 흐릿한 음향과 현악이 착검하는 음향이 거의 동시에 들렸다.

현악은 그것으로 최초에 자신을 공격해 오던 일진 다섯 명을 거꾸러뜨렸다.

네 명은 즉사, 한 명은 복부를 끌어안은 채 땅에 쓰러져 버둥거리며 죽어가고 있었다.

순식간에 벌어진 상황 때문에 일진에 뒤이어 현악을 공격해야 할 이진이 주춤했다. 그들은 너무 놀라서 평소 그토록 혹독하게 훈련했던 연쇄 공격을 일순간 망각해 버리고 본능적인 두려움에 휩싸였다.

현악이 슬쩍 옆을 쳐다보니 초곤 역시 자신을 공격하던 다섯 명을 모두 죽인 후 슬쩍 현악을 쳐다보는 중이었다.

현악은 그의 입가에 흐릿한 미소가 떠올라 있는 것을 발견했다. 그 미소는 자신감에 차 있었고 '우린 해낼 수 있어!' 라고 말하는 것 같았다.

초곤은 역천도법을 사용하지 않고 예전 자신의 성명도법인 흑사도 풍류를 사용해서 다섯 명 모두 목을 잘라 버렸다. 무리를 상대로 하는 이런 싸움에서 굳이 공력 소비가 많은 역천도법을 전개하지 않아도 될 상황이었다.

초곤 역시 오도오살(五刀五殺)로 일진을 몰살시켰다.

그쪽 역시 초곤을 공격해야 할 이진이 두려운 표정으로 주춤거리고 있었다.

무리를 상대로 하는 싸움에서 최초의 일합(一合)은 마땅히 상대의 전의를 제압하는 강수여야만 한다. 그런 점에서 현악과 초곤의 첫 일합은 성공적이었다.

그러자 두 사람의 시선이 약속이나 한 것처럼 동시에 흑궁녀를 쳐다보았다. 그녀는 최초의 한 명을 죽이고 나머지 네 명과 치열하게 싸우는 중인데, 이미 어깨와 옆구리에 심하지 않은 상처를 입은 상태로 고전하고 있었다.

차차차차창!

흑궁녀와 네 명의 대홍방도의 다섯 자루 도검이 현란하고도 복잡하게 얽히고 부딪치며 불꽃을 만들어냈다.

원래 흑궁녀의 실력은 대홍방도 한 명보다 반 수 정도 우위라고 할 수 있었다. 그러므로 그녀를 공격하던 다섯 명이 일렬로 서서 착하게 자신의 차례를 기다리며 일 대 일로 싸워준다면 그녀는 다섯 명을 능히 거꾸러뜨릴 수 있을 것이다.

그러나 대부분의 싸움이란 그렇지 않다. 게다가 이렇게 남의 방파에 무단침입하고서도 그런 강호의 도리를 바라는 것은 정말 염치없는 짓이다.

순간 현악과 초곤이 동시에 흑궁녀를 공격하는 네 명의 대흥방도 쪽으로 검과 도를 뿜어냈다.

픽! 픽!

팍! 팍!

미약한 음향에 이어 그들 네 명 중 두 명은 목줄기에 엄지손톱만한 구멍이 뚫렸고, 다른 두 명은 목이 잘라져서 머리가 허공으로 둥실 떠올랐다.

"하아… 하아……."

위기를 겨우 넘긴 흑궁녀가 가쁜 숨을 몰아쉬면서 현악과 초곤에게 고맙다는 눈빛을 보내려고 할 때 주춤거리고 있던 이진의 공격이 막 시작되고 있었다.

일진이 삽시간에 몰살당했다고 해서 이진이 공격을 멈춘다거나 겁을 집어먹고 도망치지 않는 것은, 그만큼 대흥방이 평소에 훈련을 제대로 시켰다는 반증이었다.

그래서 그것은 어쩌면 파도와 비슷했다.

앞선 파도가 갯바위와 부딪쳐서 포말로 사라진다고 해도 뒤따르는 파도가 결코 멈추거나 물러날 수 없는…….

퍼퍼픽!

파파팍!

"흐악!"

"크아악!"

현악과 초곤, 흑궁녀가 이진 열다섯 명의 대홍방도를 거의 죽여갈 무렵, 넓은 마당을 가득 뒤덮으며 사방에서 대홍방도들이 쏟아져 나오고 있었다.

현악 일행이 자신들을 합공하던 최초의 삼십 명을 모두 죽인 시간은 불과 십여 차례 호흡할 만큼 짧았다. 그사이에 삼백여 명의 대홍방도들이 한꺼번에 쏟아져 나온 것이다. 과연 신속한 대응이었다.

또한 대홍방이 어째서 주가구 일대의 패자가 되었는지 쉽게 짐작할 수 있었다.

현악 일행은 그들을 발견하고 잠시 주춤했다.

현악과 초곤이 미처 대응 방법을 나누기도 전에 방금 죽은 삼십 명을 제외한 삼백여 명 전체 대홍방도들이 순식간에 현악 일행 세 사람을 겹겹이 포위해 버렸다.

삼백여 쌍의 눈이 전의를 불태우며 현악 일행을 쏘아보았다. 그 눈빛이 칼이었다면 현악 일행 세 명은 뼈와 살, 어느 것 하나 온전히 남기지 못하고 난도질당했을 것이다.

"귀하들은 무슨 일로 본 방에서 소란을 피우는가?"

그때 우렁찬 호통성이 터졌다. 공력을 주입시켰는지 호통성 때문에 허공이 은은히 진동했다.

현악의 전면 십오륙 장 거리의 돌계단 위에 다섯 명이 우뚝 서 있는 광경이 보였다.

한 명의 황의인이 왼손에 도를 쥔 채 늠름히 서 있고, 그 뒤에 각기

다른 색의 경장을 입은 네 명의 고수가 나란히 늘어서 있었다. 일견하기에도 우두머리들이 분명했다.

방금의 호통성은 앞쪽에 서 있는 황의인이 터뜨린 것이었다. 황의인은 현악 일행 주위에 어지럽게 쓰러져 있는 삼십여 구의 시체를 보며 미간을 모으며 날카로운 안광을 뿜어냈다.

세 명이 삼십 명을 죽였다면, 최소한 일류고수라는 뜻이다.

현악이 중앙에, 초곤과 흑궁녀가 각각 오른편과 왼편에 나란히 당당하게 서서 돌계단을 쳐다보았다.

이윽고 초곤이 묵직하게 입을 열었다.

"우린 대홍방을 접수하러 왔소!"

오만방자하기 짝이 없는 내용의 말이지만 말투는 무례하지 않았고, 듣기에 따라서는 약간의 예의마저 깃들어 있었다.

그러나 '접수'라는 말이 주는 의미는 굉장했다.

돌계단 위의 다섯 고수도, 현악 일행을 포위한 삼백여 고수들도 일순간 입을 열지 못하고 장내에는 기이한 침묵이 흘렀다.

고작 세 명이 주가구 일대의 지배자인 대홍방을 접수하러 왔다는 것이다.

"핫핫핫핫!"

갑자기 황의인이 고개를 젖히고 우렁찬 대소를 터뜨렸다.

분노와 어이없음과 가소로움이 뒤섞인 웃음소리였다.

그러나 웃는 사람은 단지 황의인 한 명 뿐이었고 아무도 따라서 웃지 않았다. 그것만 봐도 역시 대홍방은 제대로 훈련된 방파가 분명했다.

"이봐, 그만 웃어라."

현악이 가볍게 눈살을 찌푸리며 내뱉었다.

"핫핫핫핫!"

그런데도 황의인은 잠시 더 웃다가 멈추었다.

때로는 여러 잡다한 말보다도 단순한 웃음이 그 사람의 내심을 더 잘 표현할 때가 있다.

그의 웃음소리를 듣고 현악은 살심을, 초곤은 전의(戰意)를, 흑궁녀는 긴장감을 느꼈다.

황의인, 대홍방주 벽력도 전굉은 위엄있고도 짧게 명령했다.

"죽여라!"

그 명령에는 가소로움과 분노가 뒤섞여 있었다.

슥―

벽력도는 명령을 내리고 뒤돌아서 자신이 조금 전에 나온 대전 입구로 향했다.

그는 세 명의 침입자가 일류고수라고 생각했지만 굳이 자신이 나서지 않아도 될 것이라고 판단했다.

그러나 평소에 치밀하기로 정평이 난 그는 이 순간 두 가지 사실을 미처 깨닫지 못하는 우를 범하고 말았다.

죽어 있는 삼십 구의 시체들이 단 두 구를 제외하곤 모조리 목줄기에 구멍이 뚫리거나 목이 잘려져서 죽었다는 사실과 그들 모두가 불과 대여섯 차례 호흡할 정도의 짧은 시각에 죽었다는 사실이 그것이었다.

그런 사실들을 간파했다면 그는 현악 일행을 가소롭게만 여기지는 못했을 것이다. 또한 이처럼 간단하게 명령만 내린 채 쉽사리 돌아서서 들어가지 못했을 것이다.

"저자들을 가장 잔인하게 난도질하여 시체는 전문 밖에 기둥을 세워 매달아라!"

　그는 대전으로 들어가며 그렇게 명령했고, 네 명의 고수는 벽력도의
뒷모습을 향해 공손히 허리를 접었다.

◆제31장◆
파죽지세(破竹之勢)

파죽지세(破竹之勢)

이후 네 명은 다시 몸을 돌려 돌계단 위에 나란히 늘어서서 싸움을 지켜보았다.

이들 네 명은 대홍방 네 명의 전주(殿主)로서 벽력도를 제외한 최고수들이었다.

오륙 장 밖에 이백오십여 명의 고수가 현악 일행을 겹겹이 포위한 상태에서 이십 명이 일차 공격을 개시하고 있었다.

"방주님 심기가 불편해 보이더군."

문득 가장 오른쪽의 제일전주가 미간을 좁히면서 중얼거렸다.

세 명의 전주는 일제히 그를 쳐다보았다.

"저런 떨거지들이 본 방에까지 찾아와서 행패를 부린다는 것은, 본 방의 권위에 문제가 있음을 나타내는 걸세. 또한 이 일로 본 방의 명예와 권위가 어느 정도는 실추되겠지."

세 전주는 일전주의 말에 모두 공감했다.

"그런데 어찌 된 것인가……?"

문득 일전주가 격전장을 보며 가벼이 의아한 표정을 지으며 중얼거렸다.

채채채챙!

격전장에서는 요란하게 무기끼리 부딪치는 음향이 터져 나오고 있었다.

네 명의 전주는 그 음향이 한 자루 도와 여러 자루의 도검이 부딪치면서 만들어낸다는 것을 풍부한 경험을 바탕으로 오래 걸리지 않아서 간파했다.

음향만으로 판단할 때 그것은 곧 침입자 세 명 중에서 한 명 만이 싸우고 있다는 뜻이 된다.

게다가 어떻게 된 일인지 단 한 마디의 비명 소리조차 터지지 않고 있었다.

"대체 무슨……."

한 명의 전주가 중얼거리다가 말을 흐리며 적잖이 놀라는 표정을 지었고, 곧 다른 세 전주도 격전장을 쏘아보며 똑같이 놀라는 표정을 떠올렸다.

믿을 수 없게도 싸움은 어느새 끝나 있었다.

침입자 세 명이 삼각형을 이룬 채 우뚝 서 있었고, 그 주위에 최초에 죽은 삼십 명과 방금 전에 죽은 이십 명의 시체가 어지럽게 나뒹굴어 있었다.

방금 죽은 이십 명의 절반은 목줄기에 구멍이 뚫렸고, 절반은 목이 잘려진 모습이었다.

즉, 현악과 초곤의 솜씨이며 흑궁녀는 한 명도 죽이지 못했다는 뜻이었다.

그 광경을 쳐다보는 네 전주의 얼굴에 불신 가득한 표정이 돌림병처럼 번졌다.

그리고 일전주의 비틀린 입술 사이로 욕설이 새어 나왔다.

"우라질!"

원래 일전주는 사려 깊은 사람이 아니다. 그는 곧장 세 명의 침입자를 향해 쏘아가며 우렁차게 외쳤다.

"모두 공격하라!"

방주가 없을 때는 일전주가 최고 명령자다.

일단 명령이 떨어지자 세 명의 전주가 일제히 돌계단을 박차며 허공을 갈랐고, 이백팔십여 명의 고수들이 십 인 일조를 이루어 총공격을 개시했다.

'진짜 싸움이다!'

현악과 초곤, 흑궁녀는 바짝 긴장했다.

여태까지와는 전혀 다른 싸움이 시작됐다. 세 사람 중에서 이런 식의 대규모 싸움을 해본 사람은 아무도 없었다.

현악은 전면을 쏘아보며 염교에게 빠르게 말했다.

"염교! 우리 둘 사이에서 싸워라!"

쏴아아!

다음 순간 마치 마른하늘에 장대비가 퍼붓는 듯한 음향과 함께 이백팔십여 명의 대홍방도가 역시 장대비처럼 사면팔방에서 현악 일행을 덮쳐 왔다.

그것은 가히 어마어마한 위세였다.

'아아······!'

산서 무림 풍사단의 독사 흑궁녀는 지상과 허공을 새카맣게 뒤덮은 고수들을 보며 아연실색하고 말았다.

초곤은 전신공력을 대도를 움켜쥔 오른손에 모조리 집중시킨 채 두 눈을 찢어질 듯이 부릅떴는데, 자신도 모르게 호흡이 거칠어지고 있었다.

현악은 두 눈을 부릅뜨고 어금니를 힘껏 악물었다.

'오냐! 어디 한번 해보자!'

촤아아—

수십 명의 고수가 현악을 향해 한꺼번에 쇄도했다.

현악이 빠르게 세어보니 대충 삼십여 명은 될 듯했다. 공격할 공간이 더 있었다면 더 많은 숫자였을 것이다.

제아무리 많은 숫자가 합공을 하더라도 상대가 한 명 뿐일 경우에는 공격할 수 있는 공간이 한정되어 있기 마련이라서 삼십 명도 많았다.

그러나 대홍방도들은 잘 훈련되어 있었기 때문에 서로 몸이 부딪치거나 함께 공격하는 주위 사람으로 인해서 방해받는 사태가 빚어지진 않았다.

말 그대로 일사불란한 합공이었다.

현악은 가장 선두에서 공격해 오는 허공의 두 명을 쏘아보며 오른손에 모든 공력을 주입시켰다.

순간 일말의 기척도 없이 혈인검이 발검됐다.

픽! 픽!

가벼운 음향과 함께 두 명의 목줄기에 구멍이 뻥 뚫렸다. 넉 달 전의 현악은 한 번 발검에 한 명밖에 죽이지 못했다. 그러나 현재 그의 공력은 이십 년 정도 증진됐고, 혈인검보다 대여섯 배나 무거운 묵검으로 혹독하게 수련했기 때문에 발검의 속도가 예전보다 배 이상 빨라진 것은 당연한 결과였다. 또한 한 번 발검에 두 차례 검기를 발출할 수 있게 되었다.

그러나 그게 한계였다.

다시 발검하려면 착검을 해야만 했고, 그 짧은 시간 동안 그의 온몸은 허점투성이가 돼버리고 말았다.

쐐애액!

쉬익!

그가 착검을 하자 기다렸다는 듯이 사방에서 대여섯 자루의 도검이 한꺼번에 찌르고 베어왔다. 현악은 착검하면서 정신없이 상체를 이리저리 흔들었다.

퐉! 퐉!

'윽! 빌어먹을!'

제딴에는 피하느라 무진 애를 썼는데 어깨와 등이 화끈했다. 그러나 어디를 얼마나 다쳤는지 살펴볼 겨를이 없었다.

지금 합공하는 대흥방도들은 최초에 현악 일행을 공격했던 무사들보다 배 이상은 고강했다.

어느 방파나 그렇듯이, 처음에 나서는 사람들이 약하고 나중이 강한 법이다.

퐉! 퐉!

현악은 현재 상황으로썬 당하지 않으려면 가장 근접한 적을 한 명이라도 더 죽이는 방법뿐이었다.

그는 발작적으로 재차 발검하면서 하나의 검기를, 그 여력을 빌어 십자를 그으며 두 번째 검기를 발출하여 여지없이 두 명의 목줄기를 뚫었다.

사악!

순간 흐릿한 음향이 그의 옆구리에서 들렸고, 곧 서늘한 느낌이 전해졌다. 또 옆구리를 베이고 말았다.

네 명을 죽이고 세 군데 상처를 입었다.

그런 계산대로라면, 여덟 명을 죽이고 여섯 군데, 열두 명이면 아홉 군데 상처를 입게 될 것이다.

가벼운 상처라면 모르지만, 한두 군데라도 치명상을 입으면 그것으로 끝장일 것이다. 아니, 치명상이 아니라 찰나지간 비틀거리기만 해도 고슴도치가 될 판국이었다.

절박한 상황에서 현악의 머리가 빠르게 회전했다. 그 자신도 이런 와중에 머리 속이 이처럼 복잡하고도 빠르게 수많은 생각들을 떠올렸다가는 지우고 또 정리할 줄은 미처 예상하지 못했다.

퍽! 퍽!

그사이에 현악은 두 명을 더 죽이고 엉덩이 바로 아래 뒤쪽 허벅지를 검에 깊숙이 찔렸다.

'흑!'

그는 비명을 목구멍 안으로 꿀꺽 삼켰다.

이번 싸움은 얼마 전처럼 십오 명이나 열 명을 상대하는 것과는 근본적으로 달랐다.

정말 쉴 새 없는 공격이, 그것도 바늘구멍 같은 피할 공간조차 없는 협공이 연이어 퍼부어지고 있었다. 눈을 깜빡일 여유조차 없었다.

눈을 감는 그 짧은 순간에 목이 잘리거나 심장에 구멍이 뚫릴 수도 있었다.

쉬이익!

쐐액!

쐐쐐쐐액!

말 그대로 검의 소나기 검우(劍雨)였다.

비는 비되 제대로 베이거나 찔리면 그 즉시 목숨이 끊어지고 마는 소나기였다.

'이러다간 죽고 만다!'

흑궁녀를 보호하기는커녕 초곤을 돌아볼 겨를조차 없었다. 내 한 목숨도 언제 끊어질지 모르는 판국이었다.

싸움이 벌어지기 직전에 흑궁녀에게 자신과 초곤 사이에서 싸우라고 충고했던 말이 지금 생각하면 우습기 짝이 없었다.

그뿐이 아니라 현악은 세 번째 발검을 한 직후에 쇄도하는 적들의 도검을 피하느라 이리저리 피하고 구르기에 급급해서 아직 착검도 못하고 있는 형편이었다.

그가 배운 섬쾌는 오직 공격 일변도의 검법이었다. 상대가 무기를 뽑기도 전에 죽여 버리는 쾌검이기 때문에 애초에 방어라는 것이 필요하지 않았다. 말하자면 섬쾌검식은 일 대 일이거나 소수의 적과 싸우는 검법이라는 뜻이다.

어이없게도 그는 그런 사실을 싸움에 직면해서야 비로소 깨달은 것이다.

'빌어먹을! 검을 쥐고 있으면서도 방어를 못하다니⋯⋯.'

한순간 오만상을 쓰면서 속으로 투덜거리던 현악의 머리가 환하게 밝아졌다.

'비검구식!!'

그렇다. 그는 섬쾌만 알고 있는 게 아니었다.

백정 시절, 비검문에 고기 배달을 갈 때마다 죽을 각오로 몰래 훔쳐 배웠던 그 비검구식이 있었다.

그는 그것 때문에 죽을 뻔했었고, 결국 검객이 됐으며, 또한 이 지경에 처해 있는 중이었다.

쾌검마는 섬쾌 이외의 검법은 일체 버리라고 말했으며 현악도 그 말에 순순히 따랐었지만, 죽어가면서까지 지켜야 할 필요는 없는 것이다.

생각하고 판단하는 것보다 몸이 먼저 행동했다.

현악은 전력을 다해서 비검구식 삼초식인 비검운파(飛劍雲波)를 전개했다.

차차차차창!

현악이 일단 비검운파를 전개하자 소나기처럼 쏟아지던 도검의 공격들이 모조리 차단됐다.

그뿐이 아니라 혈인검과 부딪쳤던 도검들 십여 자루가 모조리 수수깡처럼 맥없이 부러져서 날아갔다.

"……!"

현악은 놀라운 사실에 적잖이 놀라고 말았다.

그는 이제껏 섬쾌를 전개하여 상대를 일검에 죽이기만 했었지 상대의 무기와 직접 부딪치면서 접전을 해본 적이 없었다. 그랬기 때문에 혈인검이 상대의 무기와 부딪쳐서 동강 내버리는 놀라운 경험을 겪어 보지 못했다.

그제야 현악은 예전에 뇌옥에서 섬쾌를 수련하다가 혈인검을 놓쳤을 때 검이 단단한 뇌옥벽에 한 자나 깊숙이 꽂혔던 것을 기억해 냈다.

'그랬구나! 혈인검이 일반 검보다 몇 배나 무거운 이유는 강한 검이기 때문이었어!'

그는 용기백배했다.

'하하! 혈인검은 보검이었어!'

이런 위급한 상황에서 자신의 검이 무서운 위력을 발휘한다는 사실을 알게 된 것은 커다란 수확이었고 또 그것이 사라져 가던 용기를 일깨워 주었다.

대홍방 고수들은 주춤하며 일순간 공격하지 못했다. 혈인검의 위력 때문이었다.

비검구식은 비록 변방인 산서 무림 비검문의 독문검법이지만 위력만은 평범하지 않았다.

원래 비검구식은 소림사의 속가제자였던 청라의 증조부가 소림검법 중에 항마십삼검(降魔十三劍)을 토대로 하여 창안한 불문에 뿌리를 둔 검법이었다.

만약 비검문이 산서가 아닌 중원 한복판에 있었다면 비검구식으로 제법 명성을 날렸을 것이 분명했다.

방금 현악이 전개한 비검운파는 그다지 위력적이지는 않지만 시기적절하게 공격으로도 방어로도 변환하여 사용할 수 있는 장점을 지니고 있었다. 일단 펼쳐지면 찰나지간에 여러 자루의 검영이 사방으로 운파, 즉 구름의 파도처럼 쏟아져 나가면서 다수의 적을 상하게 하든지 아니면 다수의 공격을 막아낸다.

현악의 두 눈이 번쩍 기광을 뿜어냈다.

방금 전개한 비검운파와 혈인검의 위력에 의해서 대홍방 고수들의 공격이 일순간 주춤하는 것을 발견한 것이다.

현악은 재빨리 착검하는 것과 동시에 발검했다.

퍽! 퍽!

막 현악에게 도를 그어대던 가장 가까운 곳의 대홍방도 두 명이 목의 앞뒤에서 피를 뿜으며 허공으로 튕겨졌다.

대홍방도들은 즉각 협공을 개시했다. 자신들의 도검이 혈인검과 부딪치면 그 즉시 부러진다는 사실을 알고는 있었지만 그렇다고 멀뚱히 서 있다가 죽음을 당할 수만은 없는 노릇이었다.

쏴아아—

현악이 착검하기도 전에 소나기 같은 도검이 그의 한 몸으로 쏟아져 왔다.

현악은 재차 비검운파를 펼쳐서 방어했다.

채채채채챙!

요란하며 어지러운 음향이 고막을 울리면서 혈인검과 격돌한 도검들이 또다시 우수수 부러져 나갔다.

슉!

'으헛!'

그 순간 비검운파가 펼쳐 낸 방어막을 뚫고 느닷없이 한 자루 검이 측면에서 옆구리를 노리고 찔러오자 현악은 깜짝 놀랐다.

삭!

검은 급급히 상체를 뒤로 젖힌 현악의 옆구리 옷을 뚫었다. 간발의 차이였다.

그 순간 현악은 방금 자신의 옆구리 옷을 뚫은 자의 득의하게 미소 짓는 얼굴을 발견했다. 삼십오륙 세의 나이에 짧고 검은 수염을 기르고 세모꼴의 눈을 지닌 인물. 대홍방 네 명의 전주 중 삼전주였다. 전주급이라면 무사가 아니라 고수라고 할 수 있는 실력자였다.

그는 비검운파를 한 번 보고 즉각 허점을 간파했으며, 두 번째에는 자신의 검이 혈인검에 부딪치지 않도록 신경을 쓰면서 곧바로 반격을 가한 것이었다.

과연 그는 전주가 될 만한 일류고수였다.

현악은 일단 위급한 위기를 넘기긴 했으나 균형이 흐트러져 몸이 뒤로 쓰러지는 형국이 되고 말았다.

"악!"

순간 현악의 뒤쪽에서 흑궁녀의 날카로운 비명이 터졌다. 원래 수치스러워서도 비명 따위를 내지르는 성격이 아닌 그녀가 저토록 다급한 비명을 지른다는 것은 그녀가 지금 어떤 상황에 처했는가를 충분히 짐작하게 했다.

'염교!'

흑궁녀는 복부에 일검을 깊숙이 찔린 채 쓰러지고 있었지만 현악으로선 그녀를 도울 처지가 아니었다.

'으음! 역시 무리였다는 말인가?'

현악은 뒤로 넘어가면서 속으로 욕설을 퍼부었다.

백정은 그저 죽을 때까지 백정으로밖에는 살 수 없고, 사파인은 사파인으로 살아야만 하는 운명인 것인지 속이 다 뒤집힐 정도로 구역질이 치밀었다.

그 촌음을 백으로 쪼갠 듯한 찰나지간에 현악의 눈앞으로 애꾸눈 부친의 꾀죄죄한 모습과 평생 얼굴에 그늘만 지으며 살다간 모친의 순박한 얼굴과 자운의 파리하게 병약한 모습들이 전광석화처럼 스쳐 갔다.

그리고 말,

"그러나 만약 죽지 않고 살아나거든 네가 받은 것의 만 배로 세상에 돌려주어라."

비검문 뇌옥 안에서 피투성이가 되어 죽어가던 현악에게 쾌검마는 그런 말을 했었다.

'제기랄! 만 배는커녕 아직 받은 것의 십분의 일조차도 돌려주지 못했다!'

쿵!

현악의 등이 땅에 닿는 순간 삼전주의 검과 십여 자루 도검이 그의 온몸으로 무시무시하게 쏟아져 내렸다.

촤아아!

그것들은 현악을 한입에 집어삼키려고 입을 크게 벌린 악마의 날카로운 이빨 같았다.

현악은 있는 힘을 다해 다급히 옆으로 몸을 굴렸다.

퍼퍼퍼퍼퍽!

연달아 둔탁한 음향이 방금 그가 쓰러졌던 곳에서 터지며 흙먼지가 피어났다.

쐐쐐액!

슈슈슉!

그러나 그것도 잠시, 방금 전보다 더 많은 도검이 빽빽한 그물처럼 허공을 뒤덮으며 현악에게 쏟아졌다.

그의 마음속에는 혈인검이 보검이라는 사실을 알게 됐을 때 용기백배했던 것은 깡그리 사라져 버렸고, 또다시 절박한 심정만 가득 들어찼다.

구르는 중에 간신히 착검을 한 현악은 누운 자세에서 이를 악물고 벼락같이 발검했다.

퍽! 퍽!

덮쳐들던 대홍방도들 중에 두 명이 목줄기에 구멍이 뚫려 허공으로 붕 떠오르는 모습이 얼핏 보였다.

그러나 그것은 단지 공격해 오는 십여 자루 도검 중에서 두 자루가 사라진 것에 불과했다.

이대로 있다가는 그의 몸이 난도질당하는 것은 시간문제.

게다가 방금 발검한 혈인검은 착검도 하지 못하고 오른손에 쥐어져 있는 상태였다.

'우라질! 착검을 해야지만 발검을 할 수 있는 검법이라니 정말 개 같은 검법이다!'

죄없는 섬쾌도, 쾌검마도 원망스럽기 짝이 없었다. 그는 쾌검마가 착검 같은 것은 하지도 않고 언제 어느 장소에서나 자유자재로 검기를 발출한다는 사실을 모르고 있었다.

어쩔 수 없었다. 알고 있는 것이 섬쾌와 비검구식뿐이니 그중 아무 것이라도 펼치는 수밖에. 병신처럼 누워 있다가 죽어 자빠진다면 얼마나 수치스럽겠는가.

그래서 어쩔 수 없이 또 비검운파를 펼쳤다.

차차차창!

현악은 여전히 누운 채 미친 듯이 검을 휘둘러 십여 자루 검들을 막

아냈고 그중에 겨우 세 자루를 부러뜨렸다.

급박한 와중이었으므로 혈인검에 제대로 공력을 주입시키지 못했기 때문이었다.

"……!"

푹!

그런데 그게 아니었다.

삼전주의 검이 또다시 비검운파의 틈새를 뚫고 쏘아 들어와 현악의 왼쪽 어깨를 깊숙이 찔렀다. 그나마도 현악이 본능적으로 다급히 상체를 비틀었기 망정이지 그게 아니었다면 심장에 찔렸을 것이다.

역시 전주급은 일반 평고수와는 달라도 많이 달랐다.

현악은 급소를 찔리지 않았지만 옴짝달싹도 할 수 없는 처지가 돼버렸다.

그의 왼쪽 어깨를 찌른 삼전주의 검이 반 자 깊이나 땅속으로 파고들었기 때문이다.

쐐애액!

슈슈슉!

설상가상, 그 상황에서 현악에게 도검이 무더기로 쏟아졌다.

현악은 피하려고 몸부림쳤지만 꼼짝도 할 수 없었다. 몸부림 칠수록 검이 꽂혀 있는 상처 부위가 더 크게 찢어졌다.

그 모습은 긴 쇠꼬챙이에 찔려서 필사적으로 버둥대는 개구리처럼 처량해 보였다.

그런 그의 모습을 보며 삼전주가 입꼬리를 비틀며 조소를 머금는 모습이 현악의 동공 속으로 쓰리게 파고들었다.

너무도 익숙한 비웃음.

이 자식도 백정이나 천민을 짓밟고 경멸하던 무수한 자들 중에 한 놈이었을 것이다. 그게 결정적으로 현악의 속을 뒤집어 버렸다.

'씨팔!'

순간 현악의 얼굴이 보기 싫게 일그러지며 두 눈에서 번갯불이 시퍼렇게 뿜어졌다.

그것을 발견한 삼전주는 뭔가 불길한 예감에 가볍게 흠칫했다. 그러나 이미 때는 늦었다.

그는 현악을 비웃지 말았어야 했다. 그것이 그가 죽어야만 하는 이유가 돼버렸으므로.

비웃음이란 현악의 분노와 한을 촉발시키는 도화선이라는 사실을 그는 모르고 있었다.

쉬아악!

"으아아— 비웃지 말란 말이다 개새끼야—!"

현악은 벼락같이 상체를 일으키면서 삼전주를 향해 발작적으로 검을 휘둘렀다. 섬쾌도 비검구식도 아닌 그저 힘만으로 휘두른 분노에 가득 찬 일검이었다.

팍!

혈인검이 바람을 가르며 아래에서 위로 비스듬히 쏘아가더니 삼전주의 목을 뎅겅 잘라 버렸다.

삼전주는 얼굴에 놀라움조차 떠올릴 사이도 없이 머리가 허공으로 둥실 떠올랐고, 목에서는 불꽃놀이 같은 굵은 피분수를 줄기차게 뿜어냈다.

픽!

직후 현악은 퉁겨지듯 일어나던 여력에 의해서 삼전주와 몸의 앞면

이 정면으로 부딪치면서 일순간 둘이 딱 붙어버리는 자세가 되고 말았다.

그 바람에 삼전주의 검은 현악의 왼쪽 어깨 뒤로 검의 전부라고 할수 있는 두 자 반 길이나 튀어나왔고, 현악의 어깨 앞에는 검의 손잡이만 남아 있었다.

퍼퍼퍼퍽!

그 순간 삼전주와 현악의 몸으로 우박처럼 도검이 쏟아져 무차별 베고 찔러댔다.

그러나 운 좋게도 대부분은 삼전주의 몸에 적중됐고, 그 아래에 찰싹 붙어 있는 현악은 운 좋게도 두 군데 가볍게 베이는 상처만을 입었을 뿐이다.

삼전주의 모습은 그야말로 목불인견이었다. 목은 잘려서 머리통이 사라진데다가, 팔다리까지 잘리고 등과 허리, 다리에 이르기까지 온전한 곳이 없었다.

대흥방도들은 자신들이 삼전주를 죽였다는 사실에 놀라서 일순 주춤거렸다.

어떤 상황이든 한바탕 공격이 휘몰아친 직후에는 아주 짧은 공백기가 찾아오기 마련이다.

자신만의 싸움 방식과 요령을 이미 어느 정도 터득한 현악이 그 기회를 놓칠 리 없었다.

순간 그는 왼손으로 머리통이 없는 삼전주의 가슴팍을 힘껏 밀어내는 것과 동시에 오른손의 혈인검으로 비검구식의 사초식 비검분영(飛劍分影)을 젖 먹던 힘을 다해서 펼쳐 냈다.

쉬쉬쉬쉭!

새빨간 핏빛의 검영들이 사방으로 와르르 쏟아져 나갔다.

비검운파가 검영의 거센 파도라면 비검분영은 검영의 세찬 눈보라였다.

또한 비검운파가 방어에 중점을 둔 초식인 데 반해 비검분영은 공격에 칠 할 이상의 비중을 둔 초식이었다.

안택현 저잣거리의 푸줏간 뒷마당에서 밤마다 손이 부르트도록 목검으로 비검구식의 사초식까지를 수련하면서 진검으로 수련하게 되는 날을 애타게 소원했던 현악이었다. 지금 그는 진검으로, 그것도 전설의 혈인검으로 비검구식을 전개하고 있었다.

검영이란 검에서 공력이 발출되는 것이 아니라, 짧은 시간에 검을 목표한 방향으로 번개같이 찌르거나 휘둘러서 찰나지간에 검의 잔영(殘影)을 만들어내는 것이다.

비록 잔영이라고는 하지만 위력적인 면에서는 검이 직접 찌르거나 베는 것과 조금도 다를 바가 없었다.

스파아아—

혈인검이 연이어 세 차례의 비검분영을 전개했다.

그것은 현악에게서 순식간에 삼십여 자루의 핏빛 검영이 사방으로 세찬 눈보라처럼 뿜어져 나가는 광경을 연출했다.

현악은 혈인검으로 섬쾌가 아닌 다른 초식을 최초로 펼치고 있었다.

목검으로 전개하는 초식과 진검으로 펼치는 초식의 위력은 확연하게 다를 수밖에 없다.

하물며 전설의 검 혈인검에서 뿜어지는 무시무시한 위력이야 오죽하겠는가!

게다가 그는 더 이상 푸줏간 시절의 허약하기만 하던 백정 소년이 아니었다.

이제는 오십 년의 공력을 보유했으며, 다른 무인들이 평생 걸려서도 경험하지 못할 치열한 혈전을 치렀고, 죽을 고비를 여러 차례나 겪은 몸이었다.

현악은 비검구식의 사초식까지는 검을 발가락에 끼우고도 펼칠 수 있을 만큼 완벽하게 구사할 수 있었다.

대홍방도들은 자신들의 급소로 파고드는 붉은 검영을 도검으로 급급히 막았다.

카가각!

"흐악!"

"우왁!"

그러나 혈인검은 도검을 수수깡처럼 자르고 분지르는 것과 동시에 고수 두 명의 몸통을 무처럼 잘라 버렸다.

현악은 또다시 네 차례 연달아 비검분영을 전개했다.

콰차차차창!

대홍방도들의 도검은 혈인검과 맞부딪치는 족족 여지없이 부러져서 허공으로 날아갔다.

현악이 비검분영을 일곱 차례 펼치고 나서 재빨리 둘러보니까 자신의 주위에 있는 대홍방도들 중에 절반 이상이 부러진 도검을 쥔 채 당황하고 있는 모습이 시야에 들어왔다.

퍽! 퍽! 퍽! 퍽!

현악은 그 기회를 놓치지 않고 연달아 두 번 섬쾌를 뿜어내어 순식간에 네 명을 거꾸러뜨렸다.

대홍방도들은 현악의 기세에 눌려 일순간 공격하지 못하고 주춤거렸다.

그렇다고 그들이 모두 허수아비 같은 존재만은 아니었다. 그들은 현악이 발검하기 위해서는 반드시 착검을 해야 한다는 약점을 마침내 간파해내고 말았다.

쐐애액!

촤촤아아—

그래서 현악이 착검하는 아주 짧은 순간을 노렸다가 신랄하고도 위력적인 협공을 퍼부었다.

현악은 즉시 비검운파를 펼쳐 냈다.

대홍방도들은 검기를 발출할 수 있는 수준에는 도달하지 못했고 검풍이나 검영을 펼칠 수 있을 정도였다. 그러나 반쪽짜리 도검이 수십 자루였고, 또한 혈인검에 자신들의 도검이 부딪치지 않게 하려고 전전긍긍하고 있는 터라 협공의 위력이 반감될 수밖에 없는 상황이었다.

어쨌든 현악은 잠시 여유가 생기자 급히 흑궁녀를 돌아보다가 움찔 놀라고 말았다.

이 장 쯤 떨어진 곳에 흑궁녀가 피투성이가 되어 쓰러져 있는 것을 발견한 것이다. 얼핏 보기에 그녀는 죽은 것 같았다.

'염교……'

현악은 참담한 심정이 되었다.

그녀와 함께했던 짧지 않은 여러 장면들이 빠르게 주마등처럼 그의 뇌리를 스쳐 갔다.

그 즈음, 초곤은 흑사도풍류로는 더 이상 대홍방도들의 조직적이고 위력적인 협공을 당해낼 수 없다고 판단하여 결국 역천도법을 전개하고 있었다.

후우웅!

그가 도법을 펼칠 때마다 산악이 붕괴하는 듯한 묵직한 음향이 터졌고, 바다를 쪼갤 듯한 도풍이 휘몰아쳤다.

역천도법을 완성하려면 백 년 내공이 있어야 하고, 그래야만 역천도법의 주된 위력인 도기(刀氣)가 발출되어 본래의 무시무시한 위력을 발휘할 수 있다.

하지만 현재 초곤은 공력이 일 갑자 수준에 역천도법을 삼성밖에 연마하지 못했으므로 도기에는 이르지 못하여 도풍을 발출하는 정도의 수준이었다.

그렇지만 역천도법은 삼백 년 전 사파의 제황 역천도제의 가공한 실전절학이었다.

비록 삼성 수준이지만 그 위력은 사뭇 대단했다.

초곤은 십오륙 명을 죽인 상태에서 촌각도 쉴 틈 없이 역천도법을 전개하고 있었다.

대홍방도들은 흑궁녀가 죽었다고 판단하고 전체 고수를 둘로 나누어 현악과 초곤을 맹렬히 협공하고 있는 중이었다.

이미 죽은 대홍방도들은 제외하더라도, 현악과 초곤에게 각각 백 명이 넘는 어마어마한 숫자의 대홍방도들이 협공을 퍼붓고 있는 상황이었다.

대홍방은 어느 날 갑자기 운 좋게 주가구의 지배자가 된 것이 아니었다.

순전히 실력만으로, 셀 수도 없는 방파와 문파 간의 죽고 죽이는 혈전들을 승리로 이끈 결과 오늘날의 위치에 오른 것이다.

초곤이 제아무리 산서 무림 풍사단의 총단주이며 역천도법을 삼성까지 익혔어도 현실은 냉엄하기 짝이 없었다. 또한 백 년 내공이 있어야지만 어느 정도의 경지에 오를 수 있는 역천도법을 육십 년 내공으로 전개하고 있으니 힘에 부치는 것은 당연했다.

"헉헉헉……!"

대흥방도들은 맹공을 퍼부었다가 물러나고, 또 맹공을 퍼붓고는 물러나길 반복하는 파도 같은 전술을 사용했다.

그때마다 초곤의 대도가 일으킨 도풍에 두 명 정도의 대흥방도 목이든 몸뚱이든 통째로 잘려져서 거꾸러졌지만, 그들은 그 정도의 희생은 개의치 않았다. 대흥방도들 각자는 백전노장들이었다.

더구나 그들을 이끌고 있는 전주들은 무공 실력도 실력이지만 싸움에 도가 튼 인물들이었다.

초곤 쪽 대흥방도들을 지휘하고 있는 일전주는 초곤이 펼치는 역천도법의 굉장한 위력에 처음에는 적잖이 놀랐었다.

그러나 오래지 않아서 초곤이 역천도법을 한차례 전개할 때마다 급속도로 기력이 쇠잔해진다는 사실을 간파했다.

그래서 일전주는 끊임없이 치고 빠지는 파도 같은 전략으로 초곤을 탈진시키려는 계획을 세웠고, 그것은 지금 성공적으로 진행되고 있는 중이었다.

쏴아아ㅡ

이십여 명의 대흥방도가 사면팔방에서 초곤에게 덮쳐 가며 맹공을 퍼부었다.

후우웅!

채채채채챙!

"크악!"

초곤은 전력으로 역천도법을 펼쳐서 반격하며 도검을 물리치면서 한 명의 가슴을 쪼갰다.

그가 역천도법을 최초로 전개했을 때에는 일도에 대여섯 명을 죽였고, 모조리 정수리를 쪼개는 무서운 위세를 떨쳤다. 그러나 지금은 운이 좋아야 겨우 한 명을 죽일 수 있으며, 그나마도 원래 목표했던 정수리가 아니라 몸 아무 곳이나 쪼개는 정도에 그쳤다. 그만큼 기력이 고갈됐다는 증거였다.

문제는 역천도법으로 일 초식을 전개하는 데에 너무 많은 공력이 소비된다는 사실이었고, 그런 것에 비해 결과가 신통치 않다는 것이다.

현악은 짧은 순간 흑궁녀와 초곤을 본 후 초조한 마음을 금할 수 없었다.

흑궁녀는 이미 죽었고, 초곤은 한차례 도법을 펼칠 때마다 급속도로 기력이 고갈되는 중이라 잘해야 일 초식에 한 명 죽이는 정도였으며, 오래 버텨봐야 십여 초 이상은 무리일 것 같았다.

천하를 거머쥔다는 것은, 그 시작부터 벽에, 그것도 두텁고 높은 벽에 부딪치고 말았다.

'제길! 천하는 고사하고 이제 목숨마저 위태롭게 돼버렸군!'

촤아아—

현악이 잠시 한눈을 팔면서 속으로 투덜거릴 때 적들의 일진 이십오륙 명 정도의 대홍방도들이 사방에서 갑자기 맹렬한 협공을 가해왔다.

그들 중에는 부러진 도검을 쥐고 있는 자들의 모습도 보였다.

현악은 화들짝 놀라서 급급히 비검분영을 펼쳤다.

그게 실수였다.

방어를 하려면 비검운파를 펼쳐야 하는데 잠시 한눈을 팔고 있다가 공격 초식인 비검분영을 펼쳐 버린 것이었다.

그러나 때는 늦고 말았다. 이미 펼쳐진 초식을 중도에서 변환시키는 절정의 실력을 현악은 아직 갖고 있지 않았다.

점입가경, 게다가 초식을 펼치는 중이었으므로 피할 수 있는 상황이 아니었다.

팍!

푹!

"큭!"

한 자루 도가 현악의 등을 길게 베었고, 또 한 자루 검이 복부를 비껴서 찔렀다.

지독한 통증이 한겨울의 추위처럼 그의 등과 복부에서 시작되어 순식간에 온몸을 무자비하게 할퀴었다.

그러나 위험은 그것으로 끝나지 않았다.

쉬쉬쉬익!

현악이 균형을 잃고 가볍게 비틀거리자 대기하고 있던 적의 이진이 일진보다 더 빠르고도 위력적으로 협공해 왔다.

'으으… 빌어먹을! 이제 끝장이라는 말인가……?'

현악은 간신히 몸을 바로 세웠지만 비검분영을 전개하기엔 이미 늦고 말았다.

쐐쐐애액!

슈슈슉!

수십 자루 도검이 저승 사자가 되어 현악의 전신을 향해 소나기처럼 쏟아졌다.

'큭큭큭! 그래도 백정 놈이 여기까지 잘도 버텨왔다!'

순간 자조 어린 웃음이 목구멍에서 치밀었다. 그러나 그것은 자조를 빙자한 분노였고 한이었다.

백정은 결코 백정의 신분을 벗어나지 못한다는 운명에 대한 처절한 분노이며 한인 것이다.

바로 그때였다.

형인 쾌검마가 비검문의 뇌옥을 떠나는 현악에게 마지막으로 해주었던 말이 신기루처럼 떠오르며 그의 머리 속을 수십 개의 범종이 한꺼번에 울리는 것처럼 두들겨 댔다.

─적을 빛이라고 생각해라.

그것은 현악이 평소에도 수없이 입속으로 중얼거리던 말이었다.

하지만 깨달음은 결코 평범한 순간에 찾아오지 않는 법.

지금은 평소가 아니라 촌음 안에 생사를 갈라야 하는 절박한 순간이다.

현악은 쾌검마의 다음 말을 이 시리게 뇌까렸다.

'그 빛을 자르되, 검을 통해서 공력을 발출하지 말고 마음을 통해서 뿜어내라!'

말로는 수없이 중얼거리면서도 몸으로는 결코 따라주지 않던 경지였다. 적을 빛으로, 그 빛을 마음을 통해서 뿜어낸 공력의 검으로 적을 자른다.

쏴아아─

수십 자루 도검은 이미 현악의 몸으로부터 두석 자 거리까지 쇄도해 오고 있었다.

공력을 끌어올려 오른손에 모을 여유가 없었다. 그전에 현악의 몸이 고슴도치가 되고 말 것이다. 그래서 그는 급한 대로 그저 마음으로만 공력을 끌어올리는 시늉을 하면서 혈인검을 휘둘렀다.

'빌어먹을! 공력을 주입시키지도 못한 검을 휘두르면서 무슨 빛을 자른다고!'

그러면서 그는 속으로 악을 썼다.

자신이 죽는 것보다 깨달음을 실행으로 옮기지 못한 것이 더 안타깝고 약이 올랐다.

그러나 그 순간의 그는 절반만 깨달은 상태였다.

스파아아―

현악 자신도 자각하지 못하는 가운데 비검분영이 펼쳐졌다. 아니, 자세히 보면 비검분영이 아니었다. 다만 비검분영의 초식과 얼마간 닮아 있었다.

그는 오직 적을 빛이라고 여기고, 그 빛을 자르기 위해서 마음으로부터 공력을 뿜어낸다는 일념뿐이었다.

그러나 그것은 실로 놀라운 결과를 만들어냈다.

픽! 픽! 픽!

단 한 마디의 비명도 없었다. 단지, 가장 가깝게 쇄도하던 적 세 명이 목줄기가 뻥 뚫려서 뒤로 튕겨져 날아갔다.

깨달음은 그렇게 현악을 찾아왔다. 그리고 그 깨달음은 연이어서 그의 머리를 두드려 댔다.

'착검해야지만 발검할 수 있는 게 아니었어!'

게다가 그저 공력을 끌어올린다고 생각만 하면 자령신공이 저절로
모아졌다.

바로 그거였다.

◆제32장◆

이수라(阿修羅)

아수라(阿修羅)

그뿐이 아니었다.

일부러 공력을 검에 주입시키려고 애쓰지 않아도, 단지 마음을 먹는 것만으로 공력이 검을 통해 분출됐다.

아아! 정말 얄미운 쾌검마 형이다.

친절하게 말로 차근차근 가르쳐 주었으면 이런 생똥을 싸는 죽을 고생은 하지 않아도 좋았을 것이 아닌가! 그걸 이런 비싼 대가를 치르고서야 깨닫게 하다니…….

하지만 현악은 형이 눈곱만큼도 밉지 않았다. 아니, 오히려 눈물이 날 만큼 고마웠고 또 고마웠다.

사실 쾌검마는 따로 속 깊은 배려 같은 것이 있어서 현악에게 그런 말을 해준 것이 아니었다.

그저 헤어지는 현악에게 뭔가 적당한 말을 고르다가 그 말을 해주었을 뿐이었다.

그런데 현악이 그 오묘한 이치를 이토록 빨리 깨달을 줄은 그도 상상하지 못했을 것이다.

그 즈음 대홍방도들은 다시 한 차례 크게 주춤하며 현악을 살피기에 여념이 없었다. 그들이 보기에 현악은 뭐라고 설명할 수 없을 정도로 괴이한 놈이 분명했다.

처음에는 한 번 발검에 두 명씩 꼬박꼬박 죽이는 무서운 쾌검식을 발휘하는가 싶더니, 자신들이 협공을 가하면 허둥지둥 피하기에 급급했었다.

마치 방어술이나 보법 따윈 아예 모르는 사람처럼 말이다.

또한 그는 발검한 후에 착검했다가 다시 발검하는 수법밖에 모르는 것 같았다. 그러는가 싶었는데, 그 이후 비검운파와 비검분영을 연이어 펼치면서 방어하는 틈틈이 발검하여 또다시 두 명씩 죽여 나갔다.

그러더니 오래지 않아서 그 수법이 먹히지 않게 되자 부상을 당하면서 전전긍긍하는 모습을 보이며 곧 온몸이 난도질당해서 금방이라도 거꾸러질 것 같았다. 그래서 그에게 더 이상 다른 수법은 없겠거니 여겼다. 그랬는데, 방금 또다시 전혀 새롭고도 기오막측한 수법을 발휘한 것이다.

그러니 대홍방도들이 볼 때 어찌 현악이 괴이하고도 소름 끼치는 놈이 아니겠는가.

그들이 어떻게 생각하든 말든 상관할 바 없이 이 순간의 현악은 '마음으로 공력을 뿜어내어 빛을 자른다' 라는 깨달음 때문에 가슴이 터질 것처럼 벅차서 주체할 수 없을 지경이었다.

큰 이치를 두 개씩이나 깨우쳤다.

무인에게 깨우침보다 더 큰 행복은 없다. 그래서 그는 너무 행복했고, 활화산처럼 자신감이 타올랐으며, 그것을 실천으로 옮겼다.

"푸핫핫핫―!! 죽기 싫은 놈은 지금 당장 도망쳐라! 아니면 모조리 죽여 버리겠다!"

현악은 가슴을 활짝 펴고 우렁차게 웃었다.

대홍방도들은 방금 전에 현악이 펼친 괴이한 검법 때문에 적잖이 위축된 상태에서 그가 웃음을 터뜨리자 함부로 덤벼들지 못하고 주춤거리며 그의 주위를 맴돌았다.

제아무리 주가구의 지배자인 대홍방도라고 해도 중원을 좌지우지하는 대문파나 대방파의 고수들에 비하면 여러 면에서 열등한 것이 사실이다.

특히 정신적인 수양은 더했다. 대홍방도들의 정신 수양이 탁월했다면 이런 시골구석 방파에 만족하지 않고 명문 대파의 고수가 됐을 것이다.

그때 초곤을 협공하는 고수들을 지휘하던 일전주가 현악 쪽을 쳐다보더니 와락 인상을 찌푸리며 이쪽으로 쏘아왔다.

"뭣들 하는 거냐? 삼전주는 어디에 있는 것이냐?"

그의 잡아먹을 듯한 물음에 고수 한 명이 땅을 가리켰고, 일전주는 시선을 그쪽으로 향하다가 눈을 부릅떴다.

쓰러져 있는 시체 한 구가 입고 있는 옷은 분명히 삼전주였는데 목위에 있어야 할 머리가 없었다.

일전주는 잔뜩 눈살을 찌푸리며 현악을 노려보았다.

때마침 현악은 으스대면서 호통을 터뜨리고 있었다.

"핫핫핫! 이런 하루살이 같은 놈들아! 왜 덤비지 않고 꼬리를 말고 있는 것이냐?"

일전주가 보기에 현악의 몰골은 형편없었다. 치명상은 아니지만 최소한 십여 군데 상처를 입었으며, 그래서 온몸이 피투성이였고 몹시 지쳐 보였다.

일전주는 처음부터 초곤 쪽에서 싸움을 지휘했기 때문에 이쪽 사정에 대해서는 자세히 알지 못했다. 그랬기에 그의 생각은 길지 않았고 조금도 고민하지 않았다.

휘익!

그는 즉시 수중의 도를 치켜들고 현악에게 곧장 쏘아가며 우렁차게 명령했다.

"일진, 공격하라!"

현악의 입꼬리가 말려 올라갔다.

"흥! 네놈이 먼저 죽겠느냐?"

퍽!

말이 끝나기도 전에 쇄도하던 일전주의 목줄기에 구멍이 뻥 뚫려 버렸다.

그는 허공으로 튕겨지면서 눈을 부릅뜨고 무언가 말하려고 했는데 말이 돼서 나오지는 않고 뚫린 목구멍에서 가래 끓는 소리만 그륵그륵 흘러나왔다.

일진 이십여 명은 막 공격하려다가 일전주가 목에서 피분수를 흩뿌리며 날아가는 광경을 보며 해연히 놀라서 그 자리에 얼어붙고 말았다.

일전주는 분명히 하수가 아니었다.

그는 대홍방 내에서 벽력도 전굉 다음가는 이인자일 정도로 일류고수였다. 그러나 그는 현악을 지나치게 과소평가했고 자만했다.

아니, 아니다.

설혹 그가 현악을 과소평가하지 않고 자만하지 않았다 하더라도 현악의 적수는 되지 못했을 것이다.

하물며 방금 큰 깨달음을 얻은 현악이 아닌가. 어찌 그의 적수가 될 수 있겠는가.

휘익!

"푸핫핫핫! 오지 않으면 내가 간다!"

용기와 살심이 크게 솟은 현악은 우렁차게 외치면서 오히려 적들을 향해 아직 숙달되지 않은 표허무종 경신술을 전개하여 바람처럼 덮쳐 갔다.

기고만장, 그 자체였다.

대홍방도들은 바짝 긴장하여 도검을 고쳐 잡으며 눈을 부릅뜨고 현악을 맞이했다.

현악은 허공 일 장 높이로 떠올라 적들을 굽어보며 입가에 가소로운 듯 미소를 머금었다. 그는 남아 있는 공력을 끌어올렸다. 아니, 끌어올려 검을 통해 뿜어내겠다고 마음만 먹었다.

그는 섬쾌와 자령신공의 부분적인 진수를 동시에 깨달은 상태였다. 원래 깨달음까지가 어려운 법이지, 그 이후는 실행하는 것만이 남았을 뿐이다.

그는 우선 비검분영 검식의 도입부 절반만을 차용하여 펼치면서 아래를 향해 검을 그어대며 적 다섯 명을 가리켰다.

거리는 반 장여.

그가 공력이 증진됐고 방금 깨달음을 얻었다고는 하지만 검기를 발출하기에는 지나칠 정도로 먼 거리였다. 그래도 한 번 도전해 보고 싶었다. 떡 본 김에 제사 지낸다고 하지 않았는가.

퍽! 퍽!

검끝으로 겨냥한 다섯 명 가운데 두 명의 목줄기가 뚫려서 벼락같이 뒤로 튕겨져 날아갔다.

나머지 세 개의 검기는 겨냥했던 세 명의 반 자 전면에서 흔적없이 사라져 버렸다.

'반 장 거리는 아직 무리다!'

현악은 왼쪽 어깨를 아래로 비스듬히 기울이면서 빠르게 하강하며 적들을 덮쳐 갔다.

슉! 슉! 슉! 슉!

현악이 이번에 전개한 초식은 비검분영을 거의 닮지 않았다. 그는 검기를 발출하기 가장 적합한 초식을 스스로 창안하고 있는 중이었다.

퍽! 퍽! 퍽! 퍽!

어김없이 네 명의 적이 목에서 피를 뿜으며 튕겨졌다.

상황이 이 지경에 이르자 대홍방 고수들은 정신을 수습할 수가 없었다.

현악은 이 싸움이 처음 시작됐을 때보다 지금이 훨씬 고강해져 있었다. 그는 마치 싸우면서 학습하는 것 같았다. 한두 차례 초식을 펼칠 때마다 불쑥불쑥 강해지고 있지 않은가.

그러니 대홍방도들의 눈에 현악이 괴물처럼 보이는 것은 당연한 일이었다.

"으핫핫핫! 도망치지 않고 아직도 남아 있는 놈들은 죽음을 각오한 것이렷다!"

현악은 적들 한복판으로 거침없이 쏘아 들어갔다.

무서운 것도 없었고, 반격하는 자도 없었다.

그 모습은 그야말로 순한 양 떼 속에 호랑이 한 마리가 뛰어든 상황이었다.

스파파아아—

혈인검에서는 육안으로 식별하기 어려운 다섯 개의 흐린 빛살이 현악이 목표로 삼은 다섯 명의 대홍방도를 향해 뿜어졌다.

다섯 명이 목줄기에 구멍이 뚫려서 튕겨져 날아갈 때 현악은 또다시 적들 사이를 누비면서 검을 쓸어냈다.

픽! 픽! 픽! 픽!

현악이 스쳐 지나가는 주위의 적들은 어영부영하다가 반격은 꿈도 꾸지 못하고 죽어갔다.

현악은 치명상은 아니지만 십여 군데 이상 상처를 입었고, 기력이 절반 이상 고갈된 상태인데도 어디에서 힘이 솟는지 펄펄 날아다녔다.

이미 피를 많이 흘렸고 공력도 꽤 소진된 그였으나 깨달음이 가져다준 기쁨 덕분에 거의 제정신이 아니었다.

"으핫핫핫! 이놈들아! 무기는 장식품이냐? 어서 덤벼라!"

그는 우렁차게 웃으면서 적들을 쓸어보았다. 번뜩이는 두 눈은 먹이를 찾는 맹수나 다름없었다.

휘익!

"핫핫핫핫! 죽어라, 이놈들아!"

퍽퍽퍽퍽!

현악은 미친 것 같았다. 아니, 미쳤다.

그의 검에서 뿜어지는 것은 검기가 아니라 분노였고 한이었다. 하지만 그는 삽시간에 이십여 명의 적을 주살하고는 살행을 멈춰야만 했다.

겁먹은 적들이 모조리 현악에게서 이십여 장 이상 멀리 달아나서 눈치만 보고 있었기 때문이다.

누구에게나 목숨이란 소중하며 아까운 법이다. 더구나 매월 정해진 녹봉이나 챙기면서 뚜렷한 명분도 없이 근근이 살아가는 시골구석 일개 방파의 무사들이라면 더욱 그렇다.

몇 명의 침입자를 물리치려고 선뜻 자신의 목숨마저 내놓지는 않을 것이다.

그러나 불문이나 도문, 쟁쟁한 명문 대파라면 얘기가 또 다르다. 그들 대다수는 녹봉 따위에는 관심조차 두지 않고 자신의 목숨을 초개처럼 내던지고 협의를 불사른다. 그들에겐 명예나 사명감, 정의감 같은 것들이 목숨보다 훨씬 중요하기 때문이다.

"푸핫핫! 하루살이 같은 놈들!"

아직 하나뿐인 목숨의 소중함이니 명예나 자존심 따위를 잘 모르고 오직 젊은 혈기로 날뛰는 현악은 도망친 적들이 가소롭기 짝이 없었다.

"헉헉헉……."

웃음을 멈춘 현악은 거친 숨을 헐떡였다.

아무리 깨달음의 기쁨이 크다고 해도 거의 탈진 지경에 이른 현실은 냉엄했다.

그는 신형을 멈추었다. 이 기회에 잠시 호흡을 고르면서 조금이나마 공력을 충전하려고 생각하면서 초곤 쪽을 돌아보다가 안색이 급변했다.

초곤이 위기에 직면해 있었다. 아니, 위기 정도가 아니라 여차하는 순간에 목숨이 달아날 만큼 풍전등화의 급박한 상황이었다.

초곤은 그때까지 삼십여 명을 죽인 상태에서 가볍지 않은 대여섯 군데 상처를 입은 상태였다. 뿐만 아니라 공력이 고갈되어 초식을 펼치기는커녕 도를 쥐고 있기는 것조차 힘겨운 상태였다. 그로서는 자신의 한계를 훨씬 넘어선 상황이었다.

현악은 쉬려던 생각을 집어던지고 쏜살같이 초곤에게 달려가면서 공력을 극한으로 끌어올렸다.

오히려 초곤보다 더 탈진한 상태인 지금의 그를 버티게 해주는 것은 '약'과 '한'이라는 놈이었다. 절반뿐인 공력과 '약', '한'이 합쳐진 또 다른 힘이 혈인검에 잔뜩 실려졌다.

"이 자식들아! 날 죽이기 전에는 내 친구를 건드리지 못한다!"

퍽! 퍽! 퍽!

그는 초곤을 포위하고 있는 적들의 외곽 한곳을 뚫고 들어가며 마구 잡이로 검을 휘둘러 세 명을 적중시켰다.

적들이 뒷모습을 보이고 있기 때문이기도 했지만 목줄기를 정확하게 겨냥할 여유나 기력도 없었다.

세 명은 등과 엉덩이, 어깨에 각각 검기를 적중당하여 비틀거리다가 주저앉았다.

원래 섬쾌에 적중되면 그 위력 때문에 일 장여나 튕겨졌지만 지금은 그저 두어 걸음 비틀거리며 물러나는 정도에 그쳤다.

픽! 픽! 픽!

그러나 현악은 미친 듯이 검을 휘두르며 전진했다. 자기가 섬쾌를 제대로 펼치고 있는지조차 모를 정도였다.

"흐악!"

"끄악!"

살과 피가 튀었으며 비명 소리가 난무했다. 그것은 제대로 된 섬쾌가 펼쳐지고 있지 않다는 증거였다.

현악은 불과 서너 차례 정도 호흡할 짧은 시간에 십여 명을 거꾸러뜨렸다. 쓰러진 대흥방도들 중에서 죽은 사람은 아무도 없었다. 그들은 몸 어디 한 군데에 구멍이 뚫린 채 피를 콸콸 쏟으면서 고통스러운 비명을 지르며 땅바닥을 데굴데굴 굴렀다. 그것은 차라리 죽는 것이 더 나을 정도의 끔찍한 광경이었다.

초곤을 협공하던 대흥방도들의 도검이 일제히 뚝 멈추며 모두의 시선이 현악에게 집중됐다. 다음 순간 모두의 얼굴에 약속이나 한 듯이 하나의 공통된 표정이 가득 떠올랐다.

공포였다.

웬만해서는 내심을 겉으로 드러내지 않는 초곤마저도 현악을 보는 순간 찰나지간 섬뜩한 기분을 느꼈을 정도였다.

온몸에 피를 뒤집어쓴 채 두 눈에서 살광을 뿜어내면서 닥치는 대로 도륙하는 현악의 모습은 아수라 그 자체였기 때문이다.

아수라의 현신이었다.

퍼퍼퍼픽!

"와아악!"

"크와악!"

너무도 창졸간에 벌어졌고, 너무도 끔찍한 광경이라서 대흥방도들은 도망쳐야 한다는 사실마저 잊은 채 우두커니 서 있다가 피를 뿌리며 쓰러졌다.

"크아앗! 죽인다! 모조리 죽여 버리겠다!"

현악은 자신의 상처에서 흐른 피 이 할과 자신이 죽인 적들이 뿜어낸 피 팔 할을 뒤집어쓴 채 광란의 칼부림을 쳤다.

그는 이성을 잃어가고 있었다.

이 순간의 그는 백정도, 열여덟 살 소년도, 천하를 거머쥐겠다던 야심가도 아니었다.

다만 피에 굶주린 살인마일 뿐이었다.

벽력도 전굉은 마당에 벌어져 있는 놀라운 광경을 발견하고는 자신의 두 눈을 의심해야만 했다.

그가 현악 일행을 죽이라고 명령한 후 내전으로 들어갔다가 다시 나온 시간은 길어야 일 다경에 불과했다. 아니, 그는 내실에 들어가서 차 한 잔을 앞에 놓고 화를 가라앉히려다가 밖에서 비명성이 끊이지 않고 들려오자 무슨 일인가 싶어서 차가 채 식기도 전에 다시 나오고 말았으니 반 다경이라고 해야 옳았다.

"이런… 어이없는 일이……."

드넓은 마당에 서 있는 사람은 딱 한 명 뿐이었는데, 그는 피를 뒤집어쓴 혈인(血人)이었다.

그리고 살아 있는 모든 사람들은 어이없게도 모두 혈인 앞에 앉아 있었다. 아니, 그냥 앉아 있는 것이 아니라 질서있게 열을 맞춰서 무릎을 꿇고 있었다. 그리고 땅바닥 여기저기에 나뒹굴어 있는 시체들이 무려 백여 구에 이르렀으며, 그 주변은 온통 피바다였다.

말 그대로 시산혈해(屍山血海)였다.

전굉이 혈인 앞에 꿇어앉은 사람들과 죽어 있는 백여 구의 시체가 모두 자신의 수하들이라는 사실을 깨닫는 데에는 그리 오랜 시간이 걸리지 않았다.

"이봐! 너는 언제까지 날 기다리게 할 셈이냐?"

그때 혈인이 벽력도를 보며 마치 아랫사람을 대하듯 아무렇게나 내뱉었다.

노련한 전굉은 상황이 어떻게 된 것인지 즉각 파악했다.

눈앞에 벌어져 있는 광경은, 그로서는 결코 믿고 싶지 않지만 냉엄한 현실이었다. 남아 있는 일은 수습이었다. 그것은 전굉의 몫이었고, 지금은 목숨을 걸어야 할 때였다.

그는 돌계단 위에서 훌쩍 신형을 날려 바람처럼 곧장 혈인에게 쏘아갔다.

혈인, 즉 현악은 혈인검을 어깨에 비스듬히 멘 채 느릿하게 전굉을 향해 반쯤 몸을 틀었다.

차앙!

전굉은 쏘아가면서 왼손에 잡고 있던 도를 단숨에 뽑으며 도집을 버렸다.

무인이 검집이나 도집을 버린다는 것은 죽음을 각오한다는 뜻.

그는 돌계단에서 쏘아내려 한 번에 오륙 장씩 도약하여 순식간에 현악의 오 장 전면에 이르렀다. 그의 머리카락과 옷자락이 거세게 펄럭였지만 들끓는 그의 가슴속보다는 덜했다.

어떻게 해서 쌓아 올린 탑인가.

십오 년 전, 스물다섯 팔팔한 나이에 삼 형제가 주가구에 들어온 후 수많은 싸움에서 두 명의 친동생을 땅에 묻고 팔 년 만에 이룩한 대흥방이었다. 그걸 저따위 천둥벌거숭이 같은 놈들이 한입에 삼키도록 좌시할 순 없는 일이었다.

"죽일 놈!"

전굉은 날이 시퍼런 도를 두 손으로 잡아 머리 위로 치켜든 채 저돌적으로 곧장 현악에게 부딪쳐 갔다.

부딪쳐서 박살을 내버릴 기세였다.

"크큭! 와라!"

현악은 독을 품은 얼굴로 입술 끝을 기이하게 씰룩이며 잔인한 미소를 흘렸다.

핏물 속에 머리끝까지 푹 담갔다가 나온 사람처럼 얼굴도 알아볼 수 없을 정도로 혈일색(血一色)인 그는 두 눈만 섬뜩한 살광으로 번들거렸다.

전굉이 대흥방을 지켜야 하는 이유보다, 현악이 그것을 뺏어야 하는 이유가 더 크고 강했다.

전굉은 거리가 삼 장으로 좁혀지자 벼락처럼 도를 그어 내리며 쩌렁한 기합성을 터뜨렸다.

"벽력진기도(霹靂進氣刀)―!"

우르릉!

별안간 굉렬한 뇌성벽력이 터지며 전굉의 도에서 뿜어진 무시무시한 도풍이 현악에게 휘몰아쳤다. 그러나 현악은 눈도 깜빡이지 않고 전굉을 쏘아보면서 마지막 공력을 끌어올렸다.

끌어올릴 공력이 남아 있는지도 알 수 없었다. 그저 끌어올려서 검을 통해서 분출하겠다고 마음먹었을 뿐이다.

파앗!

혈인검이 검집에서 빠져나와 핏빛 비늘 한 개를 뿜었고, 비늘은 쇄도하는 도풍과 부딪쳤다.

사물이든 어떤 기운이든 두 개가 부딪치면 당연히 약한 쪽이 도태하기 마련이다.

그 순간 도풍과 부딪친 비늘은 흔적도 없이 사라져 버렸다.

현악은 자신이 발출한 핏빛 비늘의 궤적을 쫓다가 동공이 가볍게 흔들렸다.

뿌악!

"흐악!"

현악은 섬쾌가 사라졌다는 놀라움 때문에 도풍이 자신의 가슴팍에 적중되어 짓이겨지는 고통조차도 느끼지 못했다.

그는 처절한 비명성과 핏덩이를 크게 벌린 입으로 한꺼번에 토해내면서 허공으로 붕 튕겨져 날아갔다.

픽!

그와 동시에 덮쳐 오던 전굉의 몸이 허공 중에서 멈칫했다.

쿵!

그는 묵직하게 땅을 울리면서 내려선 후 즉시 자신의 가슴을 내려다보았다. 왼쪽 가슴이 세 치 정도 깊이 패어져서 피가 콸콸 뿜어지고 있는 게 보였다.

만약 한 치만 아래에 적중됐더라도 심장이 뚫렸을 것이고, 심장은 즉시 박동을 멈췄을 것이다.

결국 섬쾌는 현악의 기대를 저버리지 않고 도풍을 뚫고 전굉의 가슴에 쑤셔 박히고 만 것이다.

"음……!'

전굉은 묵직하게 비틀거리면서 뒤로 서너 걸음 물러섰다. 그는 상처에서 피가 뿜어지는 만큼 공력과 기력도 급속히 빠져나가고 있는 것을 느꼈다.

그러나 그것 때문에 죽지는 않을 것이다.

그는 물러서기를 멈추고 두 발에 힘을 주어 땅 위에 굳건히 버티고 섰다. 그러자 무릎 꿇고 있던 대홍방도들이 전굉의 눈치를 살피면서 주춤주춤 일어섰다.

전굉은 그들에게 시선조차 주지 않고 대신 삼 장 전면에 나뒹굴어 있는 현악을 쳐다보았다. 현악은 꿈쩍도 하지 않았는데 죽은 것처럼 보였다.

다시 전굉의 시선이 옆으로 옮겨졌다가 머문 곳에는 초곤이 땅바닥에 가부좌의 자세로 앉아 운공을 하고 있었고, 그 옆에는 흑궁녀가 쓰러져 있는 모습이 보였다.

전굉의 입가에 흐릿한 미소가 떠올랐다.

침입자 세 명 중에 둘은 죽었고 한 명은 중상인 상태, 말 그대로 일패도지(一敗塗地)였다.

전굉은 꽤 심한 상처를 입기는 했지만 그것 때문에 죽지는 않을 것이다.

또한 백여 명의 수하를 잃었으나 수하란 다시 모으면 된다. 어쨌든 중요한 것은 위기를 넘겼다는 사실이었다.

그때 전굉은 운공하고 있던 초곤이 느릿하게 일어서는 것을 발견하고 안색이 가볍게 변하며 불길한 예감을 느꼈다. 그리고 그의 예감은 적중했다.

초곤은 비단 일어섰을 뿐 아니라 오른손에 도를 움켜쥔 채 묵직하게 전굉을 향해 다가왔다.

전굉은 빠르게 초곤의 전신을 훑듯이 살피면서 그의 현재 상태를 파악하려고 애썼다.

초곤은 온몸 대여섯 군데에 가볍지 않은 상처를 입었지만 치명상은 아닌 듯했다. 초곤은 전굉 전면 삼 장 거리에 태산처럼 우뚝 버티고 섰다. 누가 보더라도 명백한 싸울 태세였다.

전굉은 암암리에 공력을 끌어올려 보고는 가볍게 낭패 어린 표정을 떠올렸다.

상처 때문에 공력이 절반밖에 모이지 않았고, 그나마도 급속히 흩어지고 있었다.

초곤은 전굉의 얼굴에 방금 낭패 어린 표정이 찰나지간에 떠올랐다가 사라지는 것을 놓치지 않았다. 초곤은 원래 무표정한 얼굴이지만 지금은 더욱 무표정했고 눈빛은 깊숙이 가라앉아 있었다.

"지금 떠나면 용서하마."

전굉은 자비심을 베풀듯이 나직하게 입을 열었다.

그것이 그의 작은 실수였다.

대흥방을 내놓으라고 쳐들어와서 수하 백 명을 죽인 자를 용서하겠다는 말이 가당키나 한 말인가?

그런 그의 말이 초곤에게 먹힐 리가 없었다. 오히려 전굉이 약세를 보인 꼴이 되고 말았다.

초곤은 자신들의 이번 침입이 실패했다고 판단했다. 현악과 흑궁녀 둘이 죽고 자신은 중상을 입은 채 간신히 버티고 서 있다.

반면에 대홍방은 방주인 전굉과 이백여 명의 대홍방도가 건재한 상태였다.

　그러나 초곤은 전굉의 말을 침묵으로 일축했다. 그로서는 선택의 여지가 없었다.

　만약 지금 그가 등을 보인다면 전굉의 약세에 약세로 응답하는 꼴이 돼버린다. 더구나 지금 초곤은 살기를 바라지 않았다.

　비록 현악이 수십 년간 사귄 간담상조하는 절친한 벗은 아니었지만, 평생에 한 명 얻을 만한 동지임에는 분명했다. 또한 흑궁녀는 초곤의 그림자였다.

　그 둘의 죽음으로서 초곤의 야망도 함께 죽은 것이다. 초곤에게서 야망을 빼면 거세당한 준마와도 같다.

　'죽인다……!'

　언제나 냉철한 그는 지금 이 순간 전굉을 무섭게 쏘아보며 현악과 흑궁녀의 복수를 결심하고 있었다.

　"어이… 친구, 그자는 내게 양보해라."

　"……!"

　그때 초곤은 자신의 등 뒤에서 나직한 중얼거림이 들려오자 안색이 급변했다.

　굳이 확인하지 않아도 그것은 현악의 목소리였다.

　"현악!"

　초곤은 뒤돌아보며 낮게 외쳤다.

　그의 목소리는 어느새 자신도 모르게 가늘게 떨렸고 기쁨이 가득 묻어 있었다. 그는 현악이 비틀거리면서 걸어오는 것을 보며 눈시울이 뜨거워졌고, 목구멍 속에서 뭔가 울컥하고 치밀었다.

현악은 원래 피 범벅이었는데 날카로운 소용돌이 같은 도풍을 정통으로 가슴에 적중당하여 가슴을 덮은 옷은 물론이고 가슴팍 살이 갈기갈기 찢어진 상태였다.

그뿐 아니라 찢어발겨진 앞가슴 사이로 부러진 갈비뼈까지 드러난 참혹한 몰골이었다. 그런데도 그는 툴툴 바람처럼 웃으면서 비틀비틀 걸어왔다.

"후후… 괜찮은가, 초 형?"

시체나 다름없어 보이는 현악이 자기에 비하면 훨씬 멀쩡한 초곤을 걱정하고 있었다. 그래서 그것이 또 우직한 초곤의 가슴을 잔잔히 흔들었다.

두 사람이 마주 섰다. 마주 서서 서로를 보며 웃고 있다.

초곤은 가슴이 저려서 웃었고, 현악은 그저 웃었다.

"자넨 좀 쉬게."

현악은 빙그레 미소 지으며 초곤 옆을 스쳐 지나갔다.

초곤은 움찔 놀라서 손을 뻗어 현악을 만류하려다가 말았다. 방금 보여준 현악의 미소 속에 새파란 살광이 번쩍이는 것을 발견한 것이다. 초곤은 현악 성격의 다른 일면을 새롭게 발견했다.

그것은 그가 누군가에게 빚을 지고는 절대 견디지 못한다는 사실이었다.

"자네가 대흥방주인가?"

현악은 서 있기도 힘든 듯 구부정한 자세로 서서 가볍게 인상을 쓰며 전굉에게 물었다.

"그렇다. 너는 누구냐?"

전굉은 아들뻘밖에 안 되는 현악이 반말을 찍찍 내뱉어도 기분이 나

뺄 계재가 아니었다.

그는 나름대로 강호의 견식이 풍부하다고 자부하는 터인데도 현악이나 초곤이 누군지 전혀 알 수가 없었다. 더구나 현악은 온몸이 피 범벅이어서 더욱 알아보기 어려웠다.

"자네는 둘 중 하나를 선택해야만 한다."

현악의 특기 중 하나, 이젠 버릇이 돼버린 상대를 무시하는 말투가 또 나왔다.

"스스로 무릎을 꿇고 내 수하가 되든지, 아니면 싸운다. 둘 중에 선택해라."

"미친……."

전굉의 얼굴이 보기 싫게 일그러졌다.

"그 말은 싸우겠다는 뜻이로군."

"……."

전굉은 말문이 막혔다.

그의 판단으로는 저 괴물 같은 미친놈에겐 강호 예절이나 법칙 따위는 전혀 통하지 않을 것 같았고, 말로도 더욱 씨가 먹히지 않을 듯했다.

"쿨럭! 쿨럭!"

그때 현악은 허리를 굽히고 괴로운 듯 기침을 해대는데 입에서 핏덩이가 마구 쏟아졌다.

"빌어먹을!"

그는 오만상을 찌푸린 채 왼 손등으로 입에서 흐르는 피를 닦으며 전굉에게 뇌까렸다.

"이, 이봐! 난 많이 다친 것 같으니까 치사하게 시간 끌지 말고 어…

서 싸우자……!"

싸움에 임하거나 싸우는 도중의 무림인들이 자신의 약한 모습을 상대에게 들키지 않으려고 애를 쓰는 것에 비해서 현악의 언행은 가히 파격 그 자체였다.

하지만 그는 정말 그랬다.

그는 전굉과 싸울 여력이 거의 남아 있지 않았고, 죽을힘을 다해서 공력을 끌어 모은다고 해봤자 겨우 일검 정도 발출하면 다행인 상황이었다. 그러나 산전수전 다 겪은 노련한 전굉은 현악의 말을 곧이곧대로 받아들이지 않고 그가 술수를 쓰는 것이라고 판단했다. 그래서 그는 긴장의 끈을 더욱 바짝 잡아당겼다.

이 싸움에 모든 것이 달려 있었다.

패하면 목숨을 잃는 것은 물론 그동안 쌓아 올린 것들을 한순간에 모두 잃을 것이고, 이기면 지키게 된다.

현악은 잠시 뭔가 생각하는 것 같더니 비틀거리면서 전굉에게 걸어갔다.

그의 느닷없는 행동에 전굉은 움찔 가볍게 표정이 변했다.

현악은 전굉의 일 장 앞에 멈추고는 툴툴 웃었다.

"이봐, 나는 좀 심하게 다쳐서 검기를 멀리까지 발출할 수 없는 상태니까 가까이에서 싸우자. 그 정도는 괜찮겠지?"

"……."

도대체 이런 상황에서 전굉이 무슨 말을 할 수 있으랴.

일 장은 서로 도검을 뽑아서 뻗기만 하면 상대의 몸에 닿을 수 있는 짧은 거리다.

현악의 말인즉, 그저 재빨리 도검을 뽑아 상대를 찌르고 베어 승부를 내자는 뜻이다.

현악은 나름대로 머리를 쓴 것이다. 암암리에 공력을 모아보니 평소의 이성도 채 남아 있지 않았다.

그 정도로는 섬쾌를 전개할 수 없었고, 설령 전개한다고 해도 검기가 고작 반 자 남짓 뿜어질 것이기 때문에 전굉과 멀리 떨어져서는 백전백패할 것이 당연했다. 머리를 쓰긴 썼으나 코흘리개에게도 먹히지 않을 단순무식한 두뇌 회전이었다.

그렇지만 문제는 전굉이 코흘리개가 아니라는 사실이었다. 코흘리개라면 속지 않을 텐데, 노련한 그는 현악의 그런 돌출 행동에 무슨 기발한 암수가 있는 것인지 자신의 경험을 죄다 들춰내며 전전긍긍하고 있었다.

"끙! 힘들군! 어서 시작하자."

현악은 묵직한 신음을 흘리면서 오른손으로 검을 잡았다.

전굉은 극도로 긴장했다. 아직 현악이 무슨 꿍꿍이인지 파악하지 못했기 때문이다. 그는 현악에게 일검을 당했지만 사실 현악보다는 훨씬 나은 상황이었다.

공력 또한 절반이나 남아 있었다. 하지만 그의 얼굴에는 극도의 긴장감이 떠올라 있었다.

일 대 일의 싸움에서 지나칠 정도의 긴장은 중대한 패인이 될 수도 있는 법이다.

"너는 무엇 때문에 본 방을 탈취하려는 것이냐?"

전굉은 억눌린 듯한 어조로 입을 열었다.

어려운 질문에 반해서 현악의 대답은 의외로 간단명료했고, 자신의 야망을 거침없이 밝혔다.

"대홍방을 발판 삼아 천하무림을 제패하려는 것이다. 자네는 이 사실을 영광으로 알아야 한다."

꼭꼭 감춰야 마땅한 비밀스러운 계획을 적에게 밝히다니, 그의 언행을 괴행(怪行)이라고밖에는 설명할 방법이 없었다.

"……."

그런데 웬일인지 이번에 전괴은 현악을 미친놈이라고 생각하지 못했다.

그 이유가 그렇게 말하는 현악의 두 눈에서 이글거리는 불꽃을 발견했기 때문만은 아니었다.

현악의 말은 분명히 미친놈의 헛소리였다.

천하무림이라는 거대한 세계를 어느 개인이 제패하거나 경영할 수 없다는 사실은 무림이 수천 년 이어져 오는 동안 지켜졌던 불문율이나 같았다.

그럼에도 불구하고 전괴은 현악의 말을 듣고 여태까지보다 더 긴장했고 또 진지해졌다.

무림사 이래 오늘날까지 다섯 손가락에 꼽을 정도의 초절정고수들이 무림제패를 시도했던 적이 있었다.

그들 중에는 거의 성공할 뻔했던 인물도 있었고, 무림을 절반쯤 장악했던 인물도 있었지만 무림제패의 대위업을 달성한 인물은 한 명도 없었다.

원래는 평범했던 사람이 무도(武道)로 들어서게 되는 이유는 제각각일 것이다.

원한을 갚으려는 사람, 명성을 날리려는 사람, 일확천금을 노리는 사람, 가문을 일으키려는 사람, 신분 상승을 꿈꾸는 천민, 순수하게 무

도(武道)를 추구하는 사람,

그들 모두에겐 무학(武學)이라는 공통의 '길'이 있고, 그래서 무학을 통하여 자신들의 소기의 목적을 달성한 사람들은 또 다른 꿈을 꾸게 된다. 바로 그 궁극에는 무림제패라는 원대한 야망이 자리잡고 있는 것이다.

그렇게 무림에 적을 두고 있는 사람이라면 누구든 한 번쯤은 천하제패의 꿈을 꾸기 마련이다. 꿈만 꾸는 것을 누가 뭐라고 할 사람이 없으므로.

하물며 전굉이라고 예외일 리는 없다. 그가 비록 이런 촌구석에서 중원에는 거의 알려지지 않은 소방파의 방주 노릇을 하고는 있지만 그의 눈은 늘 중원 한복판을 향해 있었고, 그의 머리는 천하무림을 경영하고 있었다.

"어떤 방법으로 천하를 장악할 계획이냐?"

전굉의 어조가 꽤나 엄숙하고 진지해졌다. 아니, 흥미라고 해야 옳았다.

이번에도 현악의 대답은 무척 간단했다.

"하나씩 차근차근 짓밟는다."

그리고 전굉은 또 보았다,

그렇게 말할 때 현악의 두 눈에서 시퍼런 안광이 착각처럼 뿜어졌다가 사라지는 것을.

"혹시 본 방 다음 표적은 수룡채인가?"

슬며시 전굉은 자신도 모르는 사이에 현악의 천하대계에 한 발을 들여놓고 있었다.

"물론."

"주가구는 중원 무림, 즉 하남 전체의 세력 판도로 볼 때 삼 푼에 불과하다."

전굉은 현악을 시험하고 있었다. 뱃속에 바람만 가득 찬 미친놈인지, 아니면 진짜 야심가인지를. 물론 미친놈일 확률이 훨씬 더 크겠지만.

"주가구 일대 오십여 리는 본 방과 수룡채가 나누어 지배하고 있는 형국이다. 그것은 본 방을 얻었다고 해도 아직 주가구를 손에 넣은 것이 아니라는 뜻이다. 그런데 너는 본 방 하나를 빼앗으면서도 이처럼 비싼 대가를 치렀거늘, 도대체 수룡채와 광활한 중원의 구 할 칠 푼을 어떻게 장악하려는 것이냐?"

전굉은 가슴에서 흐르는 피를 지혈할 생각도 하지 못할 정도로 적잖이 긴장하고 있었다.

이 순간의 현악은 또한 전혀 자신을 돌보지 않았다.

비록 간단한 대답처럼 들리지만, 그는 지금 자신의 야망을 밝히고 있는 중이었다. 그리고 두 명의 몽상가는 지금 천하를 논하고 있었다.

문득 현악은 빙그레 미소 지었다.

"반년 전의 내가 산서 땅 안택현이라는 시골구석에서 한낱 백정이었다면 자넨 믿겠나?"

"......!"

전굉은 갑자기 가슴이 꽉 막혔다. 현악의 말은 여러 충격적인 의미를 담고 있었다.

그가 반년 전에는 일개 평범한, 아니, 비천한 백정이었다는 뜻이고, 불과 반년 만에 대홍방을 쑥대밭으로 만들고 전굉 자신과 일 대 일 승부를 결할 정도의 고수로 성장했다는 뜻이었다.

　그런 단순한 계산법이라면, 앞으로 반년 후의 현악은 지금보다 두 배 이상 고강해져 있을 것이다.

◆제33장◆
쾌검마를 향한 고독한 추적

쾌검마를 향한 고독한 추적

전굉은 현악이 방금 산서 사람이라고 한 말 때문에 불현듯 소문 하나를 기억해 냈고, 그 순간 한줄기 전율이 등줄기를 맹렬하게 훑는 것을 느꼈다.

그는 그 소문을 기억해 낸 것과 동시에 그 소문의 한복판에 현악이 있을 것이라고 거의 단정하고 있었다.

"설마… 네가 운몽산혈전의 그 쾌검왕인가?"

이번에는 현악이 적잖이 놀라고 말았다. 변방 산서 땅에서 벌어졌던 일을 설마 전굉이 알고 있을 줄은 상상도 하지 못했기 때문이다.

그러나 사실 쾌검마 추적대가 결성됐을 당시부터 무림의 이목이 집중되어 있었기 때문에 소위 '운몽산혈전' 의 소문은 여타 다른 소문들보다 더 빠르고도 멀리 전 무림으로 급속히 퍼졌다.

그러므로 현악이 상상조차 못하고 있는 사이에 산서 무림에서 새롭

게 등장한 쾌검왕이라는 고수가 쾌검마의 동생이라는 사실과 그 쾌검
왕이 운몽산에서 무당파 장로 청송자를 비롯하여 무수한 무림고수들을
죽이는 등 피의 명성을 드날렸다는 소문을 모르는 무림인은 거의 없었
다.

더구나 원래 소문이란 것은 한입 옮겨지면서 점점 더 부풀려지기 마
련이다. 그러므로 현재 쾌검왕이라는 별호는 현악이 상상하는 것보다
더 큰 반향을 불러일으키고 있는 중이었다.

현악은 기분이 묘해졌다. 하지만 나쁜 기분은 아니었다.

자신이 이제야 진짜 무림고수가 된 것 같은 기분이 들었다. 그것은
첫아들을 낳아 그 아이의 이름을 관청에 처음 등록했을 때의 기분과도
흡사한 것이었다.

과연, 무림에서는 소문이 고수를 만들었다.

"제대로 알아보는군."

현악은 흡족한 미소를 감추지 않은 채 가볍게 고개를 끄덕이는 여유
를 보였다.

전굉의 놀라움은 컸다.

그 순간, 현악의 천하를 제패해 보겠다는 허무맹랑한 말이 어쩌면
장난이 아닐지도 모른다는 생각이 아주 잠깐 그의 뇌리를 스쳐 지나갔
다.

게다가 현악은 의기양양하지도 않았고 거만하게 뽐내지도 않았다.
그것은 은연중에 풍겨지는 대인의 풍모였다.

그 점이 전굉의 마음을 조금 더 움직였다.

그러나 그는 중요한 사실 하나를 모르고 있었다.

지금은 현악이 기력이 고갈됐기 때문에 그저 잠자코 있다는 사실을

말이다.

만약 그렇지 않았다면 펄펄 날뛰면서 온갖 잘난 체를 다 떨었을 것이 분명했다.

여하튼, 더 이상 말이 필요치 않았다. 전굉은 돌처럼 굳은 얼굴 표정으로 묵묵히 현악을 응시했다.

이윽고 그의 입에서 흘러나온 진지하고도 느닷없는 말.

"나를 수하로 거두어주겠소?"

그의 말투가 변했다. 자신을 한 단계 낮춘 것이다.

초곤은 묵묵히 상황을 주시하고 있다가 전굉의 난데없는 말에 자신의 귀를 의심했다.

전굉이 어떤 인물인가.

중원의 변두리라고는 하지만 주가구 오십여 리 일대를 장악하고 있는 두 방파 중 한 방파의 우두머리이다. 그가 스스로 무릎을 꿇은 것이다.

비단 놀란 사람은 초곤뿐만이 아니었다. 주위에 모여 있던 이백여 명의 대흥방도도 대경실색하고 말았다.

그러나 현악은 여전히 초연했다.

그 모습이 전굉의 눈에는 대인의 풍모를 넘어서 영웅의 기상으로까지 비추어졌다. 그러나 사실 현악은 전굉 같은 수하를 얻을 수 있다는 놀라운 사실 때문에 떨 듯이 기뻤다.

덩실덩실 춤이라도 추고 싶은 심정이었지만, 여전히 기력이 없어서… 자신의 기쁨을, 방정맞은 촐싹거림을 표현하지 못하는 것이 안타까울 뿐이었다.

현악은 그저 대화든 싸움이든 이 상황이 빨리 끝나기를 속으로 간절히 원하면서 가볍게 고개를 끄덕였다.

"그러도록 하지. 하지만 승부는 내야 한다."

전굉은 의아한 표정을 지었다.

"왜 그래야 하오?"

그는 목숨을 아까워하거나 싸움을 두려워하는 성격이 아니다. 다만 명분 없는 싸움을 원하지 않을 뿐이었다.

언제나처럼 현악의 대답은 명쾌했다.

"맹수는 자신보다 강한 상대에게만 복종한다고 들었어. 나는 자네의 진실한 복종을 원한다. 그러니 자넬 이겨야겠지."

그것은 현악의 철학이기도 했다.

그는 어수선한 관계를 싫어했다. 그가 초곤을 동지로 맞이했을 때도 이 상황과 비슷했었다.

일단 상대가 마음에 들어야 하고, 그 다음에는 실력이 뒷받침돼야 동지든, 수하든 받아들일 수 있다는 것이 그의 생각이었다.

쾌검마의 경우가 좋은 예다. 현악은 마음으로도 실력으로도 쾌검마에게 승복했고 그를 존경했다. 그래서 그가 좋아하든 싫어하든 상관하지 않고 막무가내로 형으로 삼았던 것이다.

현악은 앞으로도 자신이 진심으로 승복할 수 있는 인물이 나타난다면 한 치의 망설임도 없이 그를 자신의 윗사람으로 받들 준비가 되어 있었다.

전굉 같은 성격의 사람이 현악의 뜻을 모를 리 없고 마다할 리 없었다.

"좋소."

그는 선뜻 승낙했다.

"무기가 상대 몸에 먼저 닿는 사람이 이기는 거야."

"좋소."

"죽여도 돼."

"조, 좋소."

입으로는 연신 대답을 하면서도 전굉의 등줄기로 버적버적 소금기를 품은 굵은 땀이 흘렀다.

그는 이미 도를 뽑아 오른손에 쥐고 있으면서도 바짝 긴장했다. 상대는 저 유명한 운몽산혈전의 쾌검왕인 것이다.

"초 형, 신호를 해줘."

현악은 전굉을 응시하며 중얼거렸다.

초곤은 측면에 서서 천천히 눈동자를 굴려 두 사람을 번갈아 쳐다보았다.

그는 현재 상황으로 미루어 현악이 절대적으로 불리하다고 생각했지만 제지하지 않았다. 현악이 뭔가 달리 계산이 있을 것이라고 추측했기 때문이다.

그러나 사실 현악에겐 달리 계산 같은 것이 있을 리 없었고 그럴 상황도 아니었다. 그는 그저 한시라도 빨리 드러눕고 싶을 뿐이었다.

전굉은 극도로 긴장한 채 현악을 쏘아보았다. 그는 오른손에 쥐고 있는 도를 그저 현악을 향해 뻗기만 하면 간단하게 이길 수 있는 상황이었다.

반면에 현악은 팔을 늘어뜨리고 있는 자세라서 손을 들어 검을 뽑아야만 하기 때문에 아무리 빨라도 전굉보다는 빠를 수 없는 불리한 상황이었다.

"시작!"

그때 초곤의 입에서 짧고 강한 구령이 터졌다.

전굉은 초곤이 외친 구령의 여운이 채 사라지기도 전에 벼락같이 도를 그어댔다.

목표점은 현악의 왼쪽 어깨의 옷자락을 베는 것이었다.

"……!"

그러나 그는 도를 중도에서 뚝 멈춰야만 했다.

자신이 전력으로 도를 그어가는 중에 눈앞에서 뭔가 흐릿한 혈광이 번뜩이는 것 같더니 목덜미가 뜨끔한 것을 느꼈기 때문이다.

전굉의 도의 끝은 목표로 삼았던 현악의 어깨 반 자 거리에 정지해 있었다. 그는 왼손으로 자신의 목덜미를 쓰다듬었다. 손바닥에 약간의 피가 묻어 나왔다.

그는 손바닥의 피를 보고나서 적잖이 놀라는 표정으로 현악을 쳐다보았다.

현악은 처음부터 발검하지 않은 것처럼 두 팔을 늘어뜨린 채 그대로 서 있었다.

지독히 빠른 발검.

섬쾌는 빠른 발검이 관건인 검법이다. 거기에 자령신공이 더해지면 검기가 뿜어진다.

쾌검마에게 섬쾌검식을 전수받은 이후 지난 반년 동안 미친 듯이 발검만 수련한 현악이었다. 그러니 자령신공을 싣지 않았다 하더라도 그의 발검이 전광석화처럼 빠른 것은 당연했다.

"핫핫! 졌습니다!"

전굉은 웃으면서 패배를 인정했다.

셀 수도 없는 싸움을 해온 그가 싸움에서 패하고도 웃어보기는 난생 처음이었다.

그리고 그의 말투는 자신도 모르는 사이에 '했소'에서 '했습니다'로 변해 있었다.

'현악, 저 친구……!'

초곤은 현악을 바라보며 적잖이 놀라는 표정을 짓다가 잠시 후에 마음이 푸근해졌다.

이제는 현악이 무슨 말을 해도, 그게 설혹 말도 안 되는 억지라고 해도 무조건 믿을 수 있을 것 같았다.

그때 현악이 전굉의 말에는 대꾸조차 하지 않고 비틀비틀 흑궁녀에게 걸어갔다.

그는 그녀 옆 땅바닥에 털썩 주저앉은 후 물끄러미 그녀를 바라보았다.

짧다면 짧고, 길다면 길었던 그녀와 함께한 시간들과 기억들이 주마등처럼 현악의 뇌리로 차례차례 스쳐 갔다.

가슴속에, 그리고 머리 속에 분노와 한과 세상에 대한 복수밖에 담고 있지 않은 듯한 현악의 이런 모습은 의외였지만 정작 본인은 느끼지 못하고 있었다. 그러나 이것이 바로 그의 천성이었다.

사람이라면 누구나 자기에게 잘해준 사람과 고통을 준 사람을 구분해서 기억하겠지만, 현악은 그런 면이 보통 사람들보다 훨씬 더 강하고 깊었다.

또한 그는 사람들과 쉽게 인연을 맺지 않지만, 한 번 맺은 인연은 목숨처럼 소중하게 여기는 일면이 있었다.

문득 현악은 손을 뻗어 흑궁녀의 상체를 끌어당겨서 무릎에 얹고는 그녀의 맥을 짚어보았다.

그녀가 죽었다는 사실이 쉽사리 믿어지지 않았다.

현악은 머리로도, 가슴으로도 그녀의 죽음을 아직 받아들이지 못하고 있었다.

초곤은 씁쓸한 얼굴로 현악을 굽어보았다. 그는 조금 전에 흑궁녀가 죽었다는 사실을 확인했던 것이다.

그때 문득 현악의 얼굴이 밝아지기 시작했다.

흑궁녀의 맥이 여리게 뛰고 있었다.

그녀는 죽지 않았던 것이다. 아니면 잠시 죽었다가 소생한 것인지도 모르는 일이었다.

"살았어……!"

현악은 옆에 와 서 있는 초곤에게 환하게 웃어 보였다.

초곤은 흑궁녀가 죽지 않았다는 사실보다 현악의 미소에 더 가슴이 저려왔다. 그런 미소는 정(情)이 많은 사람만이 지을 수 있다는 걸 초곤은 잘 알고 있었다.

"어… 떻게 하지?"

의술에는 생판 문외한인 현악이 난감한 얼굴로 흑궁녀를 굽어보며 중얼거렸다.

"우선 복부에 난 상처를 응급 처치한 후 진기를 주입시켜야 하네. 내가 해보지."

"아냐, 내가 하겠어."

초곤이 허리를 굽히며 두 팔을 뻗자 현악은 고개를 강하게 가로저었다.

흑궁녀의 복부에 가로로 깊고도 길게 베어진 자상(刺傷)은 생각보다 깊어서 내장까지도 다친 위험한 상태였다.

현악은 싸우러 오기 전에 채엽이 챙겨준 지혈분과 상처를 아물게 하는 금창약을 흑궁녀의 상처에 고루 정성껏 발랐다.

"다음에는?"

현악은 또 초곤에게 물었다.

"진기를 주입시켜 줘야 하네."

현악은 비검문 뇌옥에서 형인 쾌검마가 자신에게 자령신단을 먹이고 나서 등 한복판 명문혈에 진기를 주입시켜 주었던 것을 기억해 냈다.

그래서 흑궁녀를 앉히고 자신은 그 뒤에 앉아 두 손바닥을 그녀의 등에 밀착시키고는 진기를 일으켰다.

"우욱……!"

그러나 그는 곧 입에서 한 사발이 넘을 듯한 핏덩이를 토해내며 온몸이 조각조각 찢어지는 고통을 느껴야 했다.

공력이라곤 거의 남아 있지도 않은 상태에서 극심한 중상까지 입은 그가 흑궁녀에게 진기를 주입시키겠다고 시도하는 자체가 무리한 일이었다.

"안 되겠어. 내가 할 테니 자넨 좀 쉬게."

초곤은 현악의 고집을 알고 있지만 지켜보기가 안타까워서 만류했으나 순순히 물러날 현악이 아니었다.

현악은 꼭 자신의 손으로 흑궁녀를 살려내고 싶었다.

그것은 어쩌면 남에게 인정이나 은혜 따위를 받아본 적이 없었던 그가 지난 몇 달간 여러 차례에 걸쳐서 흑궁녀에게 크고 작은 도움을 받았던 것을 잊지 않고 가슴에 담아두고 있었기 때문인지도 몰랐다.

그는 항아리 밑바닥에 아주 조금 고여 있는 물을 긁어모으듯이 힘겹게 공력을 모아 아낌없이 흑궁녀에게 주입시켰다. 진기를 주입하는 동안에도 그의 입에서 피가 계속 흘러내렸고 안색은 창백하다 못해서 파리하게 변해갔다.

"헉헉헉……."

이각여가 지나 진기 주입이 끝났을 때 현악은 바닥에 벌렁 드러누워 금방이라도 숨이 끊어질 사람처럼 가슴을 들썩이면서 거칠게 헐떡였다.

전굉은 아까부터 굳은 표정으로 현악의 행동을 묵묵히 지켜보고 있었다.

그가 보기에 흑궁녀는 현악이나 초곤의 연인은 아닌 것 같았다. 그렇다면 수하일 텐데, 아니, 수하든 친구든 상관없었다. 현악이 누군가를 구하기 위해 자신의 목숨까지도 돌보지 않고 애쓰는 모습은 전굉에게 적잖은 감동과 현악에 대한 어떤 확신을 심어주기에 충분했다.

"이봐, 방주."

현악은 그대로 혼절해 버려야 당연할 텐데도 힘겹게 몸을 일으키며 전굉을 수하처럼 불렀다.

뭔가 깊은 생각에 잠겨 있던 전굉은 퍼뜩 정신을 차리면서 정중히 허리를 굽혔다.

"하명하십시오, 주군(主君)."

그는 현악을 주군이라고 호칭했다. 그로서는 현악의 수하가 됐으므로 당연한 칭호였다.

현악으로서는 태어나서 처음 들어보는 호칭이었고, 전굉은 처음 불러보는 호칭이었다.

그 말에 현악은 움찔 놀랐다가 살갗이 찌릿찌릿하고 머리털이 쭈뼛 거리는 괴이쩍은 희열을 느꼈으나 내색하지 않고 잠시 숨을 고른 후에 말했다.

"어디 호젓한 장소로 안내해 줘."

전굉은 현악이 아무도 모르는 곳에서 운공조식을 하면서 상처를 치료하려는 것쯤으로 생각했다.

"본 방의 지하 연공실을 사용하십시오."

현악은 고개를 흔들었다.

"연공실은 너무 답답하잖아."

"그게 무슨……?"

운공을 하는데 연공실만큼 적당한 장소가 어디 있겠는가. 전굉은 의아한 표정을 지었다.

"저기가 좋겠군."

현악은 상체를 일으킨 후 무얼 찾는 듯 두리번거리다가 한곳을 가리켰다. 그가 가리킨 곳은 담을 끼고 있는 야트막한 언덕 꼭대기에 지어져 있는 사방이 확 트인 한 채의 정자였다.

전굉은 적이 놀라서 두 손을 저었다.

"저런 곳에서 운공을 하시려는 겁니까?"

현악은 피투성이 몰골로 뜨악한 표정을 지었다.

"누가 운공을 한다고 했나?"

전굉은 어리둥절해졌다.

"그럼……."

"술 마실 거야, 술. 자네도 가세."

현악의 대답은 명쾌했다.

"술이라니……."

현악은 어리둥절한 표정을 짓고 있는 전굉을 놔두고 정자를 향해 피투성이 몸을 질질 끌듯이 가면서 호탕하게 웃었다.

"푸핫핫핫! 어디 있느냐, 적사! 축하주를 마셔야 할 시간이다! 준비해 둔 술을 가져오게!"

현악은 아침에 객잔을 떠나올 때 술을 한 병 준비해 두라고 적사에게 일렀었다.

성공하면 축하주가 될 것이고, 실패하면 송별주가 될 술을.

전굉은 현악의 뒷모습을 보면서 놀란 표정을 지우지 못한 채 중얼거렸다.

"괴인이시군요, 주군은……."

전굉 옆에 서 있는 초곤은 흐릿한 미소를 지었다.

"아니, 그는 영웅이오."

*　　　　*　　　　*

한밤중에 들려온 그것은 분명히 여자, 그것도 어린 소녀의 흐느낌이었다.

"흑흑흑……."

흐느낌은 간헐적으로 끊어질 듯 끊이지 않고 밤새 계속됐다. 흐느끼는 소녀는 잠을 자지도 않는 듯했다.

'대체 누가…….'

단우옥은 그날 거의 쉬지도 않고 무려 백여 리 이상을 돌아다녔기 때문에 심신이 극도로 피곤했지만 옆방에서 흐느끼는 소리 때문에 잠을 이룰 수가 없었다.

　이곳은 하남의 황하 이북으로 원무(原武) 근처 관도상의 평범한 이층 객잔이었다.

　그녀는 쾌검마를 추적하다가 이곳까지 오게 됐다.

　─쾌검마가 다시 살행(殺行)을 개시했다!

　반년 전.

　쾌검마가 추적대에 의해 중상을 입고 거의 회생 불능의 상태에 놓인 채 독 안에 든 쥐처럼 시골구석 벽촌에 몰려 주살되기 직전의 상황에 처했다는 소문이 무림에 파다하게 퍼졌었다.

　그런데 두 달여 만에 그는 그런 소문을 비웃기라도 하듯이 산서 땅 안택현에서 홀연히 사라져 버렸다.

　그리고 쾌검마가 지금으로부터 두 달 전에 다시 여봐라는 듯이 부활한 것이다.

　쾌검마는 과거에도 그랬던 것처럼 부활한 후에도 중원 무림이 좁다고 누비면서 거침없이 살행을 행했다.

　지난 두 달여 동안 쾌검마가 목표로 삼아 죽인 고수들은 일곱 명이었다.

　그들은 하나같이 과거, 혹은 현재에도 무림에서 내로라하는 명성과 실력을 떨치는 최절정고수들이었다.

　만약 그들의 별호가 무림에 알려진다면 무림이 발칵 뒤집히겠지만, 그들의 대부분이 은거한 상태라서 다행히도 그런 일은 일어나지 않았다.

그들 중에는 여전히 무림에서 활약하고 있는 인물들도 있었지만, 죽은 절정고수의 측근들끼리 원활하게 정보를 교환하지 않아서 그 사실들이 알려지지 않은 점도 있었다.

쾌검마가 목표로 삼고 있는 절정고수들.

그들은 한 명 한 명이 전 무림에 한 축(軸)을 이루고 있는 굉장한 인물들이었다.

쾌검마가 목표로 한 인물들은 일곱 명이었지만 쾌검마의 살행을 방해하거나 보복하려다가 무참하게 죽은 고수들이 무려 백여 명에 달했다.

대부분의 살행이라는 것이 은밀하게 이루어지는 것에 반해서 쾌검마는 무모할 정도로 거침없는 살행을 자행했다.

그는 오 년 전에 처음 강호에 출현했을 때부터 상대를 두려워하거나 싸움을 피하지 않는 성격이었다. 그런데 지금의 그는 그 무모함과 거침없음이 예전보다 오히려 더 심해져 있었다.

예전의 그는 목표로 삼은 인물만 죽이고 감쪽같이 사라지는 방법을 주로 사용했다. 그런데 지금은 대낮에 버젓이 목표로 삼은 고수가 기거하는 방파나 장원의 전문을 부수고 당당하게 들이닥쳤다.

방파와 장원의 고수들이 그를 가로막는 것은 당연했으며, 쾌검마는 그들을 한 명도 살려두지 않았고 추적하는 자들마저도 모조리 죽여 버렸다.

될 수 있으면 불필요한 살인을 자제했던 반년 전의 모습과는 판이한 행동이었다.

그래서 무림인들은 수군거렸다.

─추적대가 쾌검마를 더 잔인하게 만들었다. 그가 자신을 죽이려고 했던 추적대에 대한 복수를 무림에 퍼붓고 있다. 소림사와 무당파와 유성보는 쓸데없는 짓을 한 책임을 져야만 한다.

무림인들은 소림사와 무당파와 유성보에 대한 원성을 대놓고 드러내진 못했다.

하지만 두세 사람이 모이기만 하면 쾌검마보다는 삼파를 성토하느라 수군거렸다.

쾌검마의 수법은 당연히 쾌검마류였다, 예전과 변함없는.

그가 목표로 삼아 죽인 인물들이 하나같이 무림에서 내로라하는 쟁쟁한 고수들이라는 점도 반년 전과 다르지 않았다.

쾌검마는 재출현하여 이미 일곱 번째 살행을 저질렀다. 그리고 단우옥이 쾌검마의 살행 소문을 듣고 발 빠르게 그를 추격한 횟수도 이번으로 꼭 일곱 번째였다. 그러나 번번이 실패했다.

쾌검마가 재출현하여 첫 살행을 저질렀을 때, 단우옥은 한달음에 그 장소로 쫓아갔지만 하루가 지나서였다. 그리고 당연하게도 그곳에 쾌검마는 없었다.

하지만 그녀는 혹시 운이 좋아서 쾌검마를 만나게 되지 않을까 하는 마음으로 사흘 동안이나 쾌검마의 첫 번째 살행 장소를 떠나지 못한 채 눈에 불을 켜고 헤맸다.

그러던 중 그녀는 어이없게도 쾌검마가 두 번째 살행을 저질렀다는 소문을 접하게 됐다.

그런데 그 두 번째 장소라는 곳이, 그녀가 미련을 버리지 못한 채 어정거리면서 머물고 있는 곳에서 무려 사백여 리나 멀리 떨어진 곳이라는 사실을 알게 된 순간, 그녀는 다리에 힘이 풀려서 주저앉았다가 하도 기가 막혀서 쓴웃음을 짓고 말았다.

쾌검마는 사흘 만에 사백여 리를 달려가서 재출현 이후 두 번째 살행을 여유있게 저질렀던 것이다.

그래서 단우옥은 쾌검마가 자신이 살행을 저지른 곳에는 결코 오래 머물지 않는다는 사실을 새롭게 깨달았다. 또한 살행 직후 순식간에 사라져 버린다는 사실을 최초의 어설프고도 씁쓸한 경험을 통해서 체득하게 되었다.

지난 두 달여 동안 쾌검마가 동에 번쩍 서에 번쩍이면서 일곱 번의 살행을 저지르는 동안, 단우옥은 그를 추적하는 한편 그에 대한 정보와 소문들을 남김없이 수집하여 거의 잠도 자지 않고 면밀하게 분석하고 연구하는 일에 광적으로 매달렸다.

그 결과 그녀는 최소한 쾌검마에 대해서만큼은 타의 추종을 불허할 정도의 전문가로 거듭날 수 있게 되었다.

그녀는 이번에 쾌검마가 하남의 황하 이북 원무에서 칠십여 리 북쪽에 위치한 어느 장원에 은둔해 있던 은거 고수를 죽였다는 소문을 듣고는 단숨에 달려왔다.

그러나 그녀는 지난 여섯 번의 살행 때처럼 쾌검마가 살행을 저지른 장소로 무작정 달려가는 어리석고도 부질없는 행동을 반복하지는 않았다.

그 대신 그동안 분석하고 연구한 자료를 토대로, 그가 살행을 끝내고 돌아갈 것이라고 예상되는 몇 갈래 길목 중에 가장 확률이 높다고 판단되는 한 곳을 지키기로 결정했다.

어제 그녀는 이곳에서 삼십여 리 북쪽 어느 강변의 포구에 하루 종일 은둔해 있었다.

그곳은 쾌검마가 하루 전 일곱 번째 살행을 저지른 장소로부터 남쪽 사십여 리에 위치해 있었다.

단우옥의 계산이 틀리지 않는다면 쾌검마는 그곳 포구를 건널 것이 분명했다. 그러나 그녀는 그곳에서 끝내 쾌검마를 만나지 못했고, 그 녀는 실패한 원인을 곧 깨닫게 되었다.

그녀가 예상하고 은둔해 있던 포구에서 상류 쪽으로 십오 리쯤 거리에 또 하나의 작은 포구가 있다는 사실을 뒤늦게 알게 되었던 것이다.

쾌검마는 그곳으로 강을 건너 유유히 사라졌다.

십오 리 차이로 쾌검마를 놓친 것이어서 단우옥은 안타까움과 분함을 한참이나 삭여야 했다. 그러나 성과는 있었다.

그녀의 분석 결과는 놀라울 정도로 정확하게 맞아떨어졌던 것이다.

아마도 쾌검마가 살행을 계속하는 한 그녀가 쾌검마와 맞딱뜨리게 될 날도 머지않은 듯했다.

단우옥은 포구에서의 실패 후 남하하다가 밤을 맞게 되어 이곳 객잔에 투숙했다. 그녀는 그야말로 파김치가 된 상태로 객잔에 들어서자마자 저녁 식사도 거른 채 아무렇게나 침상에 쓰러져서 죽은 듯이 잠에 빠져 버렸다.

그러다가 어디선가 들려오기 시작한 흐느낌 소리에 잠에서 깬 후 지금껏 잠을 이루지 못하고 있었고, 흐느낌은 끊어질 듯이 끊어지지 않고 아직도 이어지고 있었다.

그녀는 아침에 동이 트는 대로 황하를 건너 황하 이남으로 내려갈 예정이었다.

아마도 쾌검마는 다음번 살행을 이곳에서 수백 리 떨어진 먼 곳에서 저지를 것이 분명했다.

단우옥이 분석한 자료에 의하면, 쾌검마의 살행에는 일정한 동선(動線)이 있었다.

그는 여태 일곱 번에 걸친 살행을 모두 하남에서 벌였는데, 그 장소들을 종이에 그려서 서로 직선으로 선을 그어보면 한 가지 놀라운 사실이 드러난다. 그중 다섯 개의 선이 한 지역 이백여 리 일대에서 서로 겹치고 있었던 것이다.

단우옥은 그 이백여 리 안에 쾌검마의 은신처가 있을 것이라고 확신했다.

은신처라는 것은 과연 필요했다. 특히 쾌검마 같은 혈살성에겐 누구보다도 더 필요했을 것이다.

그는 한바탕 살행을 저지르고 나면 필시 그 은신처에 깊숙이 숨어들어서 다음 살행을 준비할 것이다.

쾌검마를 집중적으로 연구하고 분석한 단우옥만이 발견해 낼 수 있었을 정도로 치밀한 동선이었다.

광활한 천하에서 쾌검마의 은신처를 이백여 리 이내로 좁혔다는 것은 실로 놀라운 쾌거였다. 그러나 말이 이백여 리지, 현실적으로 반경 이백여 리라는 지역은 너무도 방대했다.

단우옥은 최소한 백여 리 이내로 좁혀야지만 그의 은신처를 찾아낼 수 있을 것 같았다. 그러려면 쾌검마가 두세 번 더 살행을 저지를 때까지 기다릴 수밖에 없었다.

그 후에는 살행이 벌어질 때마다 힘들게 그를 쫓아다닐 필요 없이 은신처를 덮치면 되는 것이다.

단우옥이 처음 부친의 복수를 하고자 해남도를 떠났을 무렵에는 쾌검마에 대한 정보라고는 평범한 무림인이 알고 있는 것보다도 더 형편없었다.

그래서 그저 맹목적으로 방방곡곡을 헤매고 다닐 수밖에 없는 상황이었다. 그러다가 추적대가 쾌검마를 여러 차례 중상을 입힌 후 산서 어느 시골로 몰아넣었다는 정보를 우연히 입수했고, 그래서 달려간 곳이 안택현 운몽산이었다.

그러나 그녀가 그곳에서 만난 사람은 쾌검마가 아닌 쾌검왕이라고 자처하는 소년이었다. 터무니없게도, 그 소년은 그녀에게 첫눈에 반했다면서 삼 년 후에 혼인하자고 큰소리를 쳤었다.

그리고 운몽산혈전 이후 쾌검마 추적대는 사실상 유명무실한 존재가 되고 말았다.

무당파는 지휘자인 청송자를 포함한 무당 검수들 대부분이 쾌검마와 쾌검왕에게 전멸을 당했다. 아니, 쾌검왕에게 당했다고 하는 편이 옳았다.

무당 검수들의 지휘자인 청송자와 무당 검수 십여 명을 죽인 것이 쾌검왕이었으므로.

소림사 혜각 선사도 쾌검왕에게 중상을 당했고, 유성보는 유성추혼을 제외한 유성보 고수 전원이 흑궁녀가 이끄는 풍사단 고수와 동귀어진했다.

그런 실정이니 중상을 입은 혜각 선사와 소림사가 단독으로 추적대랍시고 계속 쾌검마를 추적할 수는 없는 상황이었다.

그렇게 추적대는 흐지부지 와해됐다. 또한 묵혈쌍검을 노리든지, 쾌검마와 개인적인 원한이 있는 무림고수들은 혹은 삼삼오오 무리를 이루어, 아니면 각자 뿔뿔이 흩어져서 쾌검마를 찾아 정처없이 떠나갔다.

그래서 단우옥은 산서에서 하남까지 오는 동안만 혁련무룡과 동행했고, 이후 단독으로 쾌검마 추적에 나서게 되었다.

물론 혁련무룡은 단우옥과 언제까지든 함께 있고 싶어 했다. 하지만 그는 그간의 사정을 부친에게 보고하기 위해서 유성보로 돌아갈 수밖에 없었다.

그래서 그는 단우옥에게 일단 같이 유성보로 갔다가 부친에게 보고한 후 둘이서 함께 쾌검마를 쫓자고 제안했으나 그녀의 대답은 완곡한 거절이었다.

산서와 하남 경계에서 유성보가 있는 난봉(蘭封)까지 오백여 리 길을 다녀오려면 아무리 빨리 서두른다고 해도 최소한 여드레 이상 걸릴 것이다.

안택현에서 뜻하지 않은 일로 너무 오래 지체했던 단우옥에겐 일각이 여삼추였으므로 혁련무룡의 제의를 거절할 수밖에 없는 입장이었다.

단우옥은 어느덧 잠은 완전히 사라진 상태였다. 그녀는 침상에 반듯하게 누워 눈을 말똥말똥 뜬 채 그동안 수집한 쾌검마의 정보와 소문에 대해서 곰곰이 정리했다.

"옥아!"

순간 난데없이 들려온 자신을 부르는 다급한 외침에 그녀는 화들짝 놀라 벌떡 상체를 일으켰다.

그러나 실내에 누가 있을 리 없었고 밖에서도 누군가 그녀를 부를 턱이 없었다.

그녀가 방금 들은 외침은 환청이었으므로.

넉 달 전, 안택현의 영화원에서 현악이 혜각 선사와의 일 대 일 싸움 후 중상을 입고 도주하던 중에 혁련무룡에게 당하기 직전, 단우옥은 현악을 구하려고 거꾸로 운공을 해서 주화입마에 들어 피를 토하며 쓰러졌었다.

그때 그녀는 급속히 꺼져 가는 의식 속에서 현악과 혁련무룡이 거의 동시에 다급하게 자신을 부르짖는 소리를 들었는데, 어째서 현악의 목소리가 더욱 절박하게 들렸던 것일까?

그리고 왜 그의 부르짖음만 오랫동안 기억에 남아서 지금처럼 문득문득 환청처럼 귓가에서 맴도는 것일까?

'악 가가는 어떻게 됐을까?'

그녀는 아주 자연스럽게 현악을 떠올렸다. 더 이상 자신을 속일 이유도, 필요도 없었다.

최초에 운몽산에서 현악을 만난 이후 두 사람은 결코 우연이라고 할 수만은 없는 기묘한 인연을 위태로우면서도 자연스럽게 이어갔었다.

그것이 악연일지, 선연(善緣)일지는 아직 단우옥으로서는 알 수 없었고 깊이 생각해 본 적도 없었다.

하지만 자신과 현악과의 전혀 아무 상관 없을 듯하면서도 끊어지지 않고 이어지는 이 기이한 인연이 언젠가는 어떤 형태로든 형체를 드러낼 것이 분명했다.

그러나 한 가지 분명한 사실이 있었다.

현악이 추적대나 무림고수들에게 쾌검왕이라는 핏빛 살명(殺名)을 뚜렷이 심어주었던 것에 반해서, 단우옥의 기억에는 그가 한 사람의 남자로 각인됐다는 사실이었다.

그의 순박한 미소가, 깊은 물처럼 맑은 눈빛이, 거짓도 없고 꾸밈없으며 예의도 갖추지 않은 그의 질박한 말투가 이상하게도 단우옥은 좋았다.

친오빠처럼 다정하게 십육 년 동안 그녀를 대해 주었던 혁련무룡보다 만난 지 고작 반년밖에 안 되는 현악의 존재가 그녀에겐 더 뚜렷하고도 애뜻하게 가슴에 새겨져 있었다.

*　　　　*　　　　*

"사람은 세 가지 부류가 있다!"

전굉은 그렇게 말문을 열었다.

넓은 대전 안에 이백오십여 명의 대흥방 고수가 전면 단상에 서 있는 전굉을 향해 질서있게 대오를 맞춰 서 있었다.

전굉은 심장 바로 위에 세 치 깊이의 검상을 입었으나 간단한 치료만 받은 후 현악의 명령으로 대흥방을 해산하기 위해서 이 자리에 서 있는 중이었다.

그는 진중한 표정에 웅혼한 어조로 말을 이었다.

"자신에게 기회가 찾아와도 그것이 기회인지 모르는 사람! 기회가 아닌 것을 잡고서 오히려 자신을 망치는 사람! 기회를 완벽하게 자신의 것으로 만드는 사람이 그것이다!"

대흥방 고수들의 얼굴에는 긴장이 역력했고, 전굉의 얼굴에는 희망이 역력했다.

"첫 번째 사람은 그저 평범한 삶을 살 것이고, 두 번째는 인생을 망칠 테지만, 세 번째는 새로운 인생을 살게 될 것이다!"

전굉은 주먹을 굳세게 움켜쥐었다.

"나는 확신한다, 내가 세 번째 사람인 것을! 너희들 중에 세 번째 사람이 되고자 하는 자는 남되 그렇지 않은 자들은 미련을 두지 말고 떠나라!"

좌중이 술렁거렸다.

이백여 명 각자의 인생을 결정하는 중차대한 일이므로 즉시 결정할 수 없는 것은 당연했다.

전굉은 사탕발림만 하지 않았다.

"내가 모시게 된 주군의 말씀이 계셨다! 남는 자들 중에서도 의지가 확고하고 기골이 좋은 자를 고르시겠다고 말이다! 즉, 그들을 정예(精銳)로 키우시겠다는 뜻이시다!"

좌중이 방금 전보다 더 술렁였다.

사람들은 여러 사람에게 자신을 소개하고 자평(自評)할 때는 스스로를 과대평가하지만, 자신이 냉정하게 자평할 때는 스스로를 과소평가하기 마련이다.

그렇게 해서도 자신이 방금 전굉이 말한 조건에 부합된다고 단정하는 사람은 필경 많지 않을 것이다.

그런데 또 그렇게 뽑힌 사람들 중에서 전굉의 주군, 즉 쾌검왕이 또다시 옥석을 추려낸다고 했다.

시골구석 주가구의 어느 방파에서 그럭저럭 생활하던 이백여 명의 고수 중에서 자신이 그 이중의 잣대를 무난하게 통과할 것이라고 자신하는 사람은 그리 많지 않았다.

전굉은 길게는 칠팔 년, 짧게는 일이 년 동안 동고동락했던 수하들에게 냉정한 작별을 고했다.

"결정해라! 그리고 떠날 자는 즉시 떠나라!"

그렇게 말하면서도 전굉은 그들이 모두 남아주기를 원했다.

이각 후, 전굉 앞 대전에는 자신들에게 찾아온 기회를 완벽하게 자신들의 것으로 만들고자 하는 사람들이 남아 있었다.

남아 있는 사람의 수는 백십삼 명이었고, 그들은 야망을 이해하는 자들이었다.

◆제34장◆
산중(山中)에서 만난 소녀

산중(山中)에서 만난 소녀

전굉은 보고를 하기 위해서 현악이 치료를
받고 있는 방으로 들어갔다.

의원이 침상에 벌거벗은 채 누워 있는 현악을 치료하는 중이었고,
침상 곁 의자에는 적사와 채엽이 초조한 얼굴로 앉아 있었다.

"백십삼 명이 남았습니다."

사실 전굉은 그동안의 믿음이나 충성심으로 볼 때 자신의 수하들이
거의 모두 남을 것이라고 예측했다. 그런데 생각보다 적은 숫자의 수
하들이 남겠다고 했기 때문에 씁쓸한 기분으로 보고했다.

"다른 자들은 어찌 됐소?"

"일단 모여 있는 중이오. 그들은 고향으로 돌아가거나 다른 살길을
찾아야 할 테니까 석 달치 녹봉을 나눠주려고 하오."

적사의 물음에 전굉은 담담히 대답했다.

한 방파의 수장으로서 생사고락을 함께하던 수하들을 떠나보내는 심정은 필경 남다를 터. 그래서 노잣돈이라도 넉넉히 주고 싶은 것이다.

적사는 현악을 쳐다보았다.

현악은 의원이 자신의 상처들을 온통 헤집으면서 약을 바르는 데에도 외눈 하나 까딱하지 않으며 전굉을 쳐다보았다.

"여유가 되면 좀 더 넉넉하게 주게. 고향에 가서 처자나 부모를 모신다는 사람이 있으면 아예 집이나 전답을 살 수 있을 만큼 챙겨주도록 하고. 돈이 모자르면 적사에게 말하게."

전굉은 현악에게 꾸지람이나 듣지 않을까 조심스런 표정이다가 그의 뜻하지 않은 말에 적잖은 충격을 받았다.

"알겠습니다."

전굉은 가슴이 따스해져서 공손히 허리를 굽혔다가 펴고는 조심스럽게 물었다.

"남기로 한 백십삼 명은 어떻게 합니까?"

"다 줘."

현악이 툭 내뱉었다.

"무슨……?"

"적사가 그러는데, 사람마다 각자의 자질에 따라서 적합한 무공이 있다더군. 자네들이 그들의 자질을 잘 따져 보고 어떤 무공이 적당한지 결정한 후에 전굉 자네 도법이든, 아니면 초 형의 도법이나 내 검법이든 적당하다고 판단한 것은 다 주라구."

"알… 겠습니다."

그 역시 상상을 불허하는 결단이었다.

전굉은, 현악이 생각했던 것보다 더 큰 그릇이라는 사실을 새롭게 알게 됐다.

*   *   *

단우옥은 밤새 뒤척이다가 새벽녘에야 겨우 잠이 들어 해가 중천에 뜬 후에 눈을 떴다.

잠이 부족했기 때문에 깨어나서도 머리가 지근거렸고 눈꺼풀이 무거웠다.

그녀는 서둘러 세안을 한 후 머리를 매만지고 나서 검을 메고 방을 나섰다.

낭하(廊下)를 걸어가던 그녀는 문득 활짝 열려 있는 옆방을 쳐다보았다.

밤새 흐느껴 울던 여자의 모습은 보이지 않았고 점소이가 청소를 하는 중이었다.

"네, 한 쌍의 남녀였습죠. 이십대 후반의 남자와 십오륙 세가량의 소녀였는데, 부부라고 보기엔 나이 차이가 너무 많은 것 같았고, 남매라기엔 두 사람이 전혀 닮지 않았더군요."

단우옥의 물음에 점소이는 일손을 멈추고 가뭄에 물 만난 개구리처럼 장황하면서도 자세히 설명을 늘어놓기 시작했다.

단우옥은 자신이 잠을 못 자서가 아니라 여자의 흐느낌이 너무 애절했기 때문에 옆방에 투숙했던 여자가 누군지 궁금했다.

"그런데 남자의 괴롭힘이 심했는지 소녀가 많이 운 것 같더군요. 이른 아침에 떠날 때 보니까 눈이 퉁퉁 부었더라구요."

산중(山中)에서 만난 소녀 177

아마도 점소이는 밤새 이어진 소녀의 울음소리를 듣지 못한 모양이었다.

그는 묻지도 않은 말을 주절대더니 묘한 눈빛을 하며 음흉맞은 소리를 했다.

"헤헤! 그래서 혹시 남자가 어린 소녀를 겁간해서 그런 게 아닌가 하고 생각했는데 그런 건 아니더구만요."

점소이는 단우옥의 어이없는 표정을 보고 어떻게 그런 것까지 알 수 있느냐는 물음으로 나름대로 해석하고는 흰 이를 드러내며 침상을 가리켰다.

"헤헤. 남녀가 운우지정을 나누고 나면 반드시 침상에 흔적을 남기기 마련입죠. 남녀가 흘렸다가 말라붙은 체액이라든지 은밀한 부위의 털 같은."

단우옥은 점소이의 뒷말은 듣지 않고 눈살을 찌푸린 채 휭 하니 계단을 내려갔다.

포구 삼십여 리 못 미쳐 어느 강가에서 작은 고깃배를 얻어 타고 강을 건너게 된 단우옥은 운이 좋았다. 그렇지 않았다면 삼십여 리를 더 가서야 강을 건너는 진선(津船)을 탈 수 있었을 것이다.

그러나 그녀의 운은 거기까지 뿐이었다.

예정대로 삼십여 리를 더 가서 제대로 된 포구에서 진선을 타고 강을 건넜다면 잘 닦인 관도가 낙양 인근의 큰 성인 정주(鄭主)까지 이어졌을 텐데, 지금 그녀를 가로막고 있는 것은 제법 높고 큰 험준한 산이었다.

그녀는 어쩔 수 없이 약초꾼이나 나무꾼들이 다녔음 직한 좁은 오솔

길을 찾아내 그것을 따라 산을 오를 수밖에 없었다.

"......!"

오솔길마저 사라진 울창한 숲 속을 어렵사리 빠르게 걷고 있던 단우옥은 한순간 뭔가를 감지하고 즉시 걸음을 멈추면서 빠르게 공력을 끌어올렸다.

이어서 자세를 한껏 낮추고 오른손으로 어깨의 검을 잡으면서 이목을 집중하여 방금 감지한 어렴풋한 기척의 방향과 거리를 가늠해 보았다.

'상대는 한 명! 오 리 정도의 거리며, 움직이지 않고 있다!'

그녀는 오 리라는 먼 거리에 있는 괴인물의 존재를 숨소리와 심장 박동 소리만으로 정확하게 간파해 냈다.

원래 팔십 년 공력이었던 그녀는 혁련무룡이 복용시킨 유성보의 영약 정기신환 덕분에 삼십 년 공력을 추가, 현재는 백십 년이라는 놀라운 공력을 지니고 있었으므로 그 정도의 능력을 발휘하는 것은 어렵지 않았다.

그녀는 그 자리에서 잠시 움직이지 않은 채 괴인물에 대해서 조금 더 관찰한 결과 잠시 후 새로운 두 가지 사실을 더 알아낼 수 있게 되었다.

누군지 모를 괴인물은 여자였고, 어딘가 아픈 상태였다. 남자와 여자의 심박동은 명백히 다르기 때문에 성별을 구분하는 것은 어렵지 않은 일이었다.

또한 호흡과 심박동이 불규칙한 것으로 미루어 아프다고 판단한 것이다.

그러나 다친 상태는 아니었다. 아무래도 병에 걸린 듯했다.

'이런 산중에 아픈 여자가 혼자 있다니…….'

단우옥은 잠시 망설이다가 한쪽 방향으로 쏜살같이 쏘아갔다.

"하아아… 하아……."

한 소녀가 눈을 꼭 감은 채 우거진 덤불 속에 반듯한 자세로 누워 있었다.

안색은 창백하다 못해서 파리했으며, 이마와 콧등에는 송알송알 땀방울이 맺혔고 몸을 가늘게 떨었다.

소녀는 온몸에 열이 쩔쩔 끓고 있는데도 한겨울에 얼음 구덩이에 빠졌다가 나온 사람처럼 몸을 심하게 떨어대고 있었다.

또한 소녀의 몸에는 남자의 흑포가 덮여 있었는데, 체구가 큰 사람의 옷인지 그녀의 몸을 다 덮고도 남을 정도였으며 빛이 바래서 희끗희끗했다.

바스락—

그때 덤불이 살짝 열리면서 단우옥의 얼굴이 나타났고, 조심스럽게 덤불 안을 살피다가 아픈 소녀를 발견하곤 눈이 동그랗게 커지며 놀라는 표정을 지었다.

'맙소사! 이런 깊은 산중에서 지독한 상풍증(傷風症:감기)을 앓고 있다니!'

그녀는 상대가 자기보다 한두 살은 어려 보이는 소녀인 것을 확인하고는 망설임없이 덤불 안으로 들어갔다.

부친 덕분에 탁월한 의술을 익히게 된 그녀는 즉시 소녀의 맥을 짚어보고 이내 고개를 갸웃거렸다.

'상풍증이 아냐. 그럼 대체 뭘까?'

끊어질 듯 끊이지 않고 가늘게 뛰는 맥인데 의술에 조예가 깊은 단우옥으로서도 처음 접하는 맥이었다.

그때 소녀가 힘겹게 눈을 떴다. 어린 사슴을 닮아 서글서글하게 큰 눈이었는데 선한 눈빛에 두려움과 눈물이 가득 고여 있었다.

단우옥은 그녀의 눈빛을 접하는 것만으로도 자신도 모르게 왠지 가슴이 저렸다.

문득, 단우옥은 소녀의 눈이 부어 있는 것을 발견하고 한 가지 사실을 유추해 냈다.

'혹시 이 소녀가 지난밤 객잔에서 밤새 울었던 것이 아닐까?'

만약 그게 맞는다면, 소녀에겐 남자 일행이 있을 것이다.

점소이는 말했다, 부부도 아니며 남매도 아닌 심상치 않은 한 쌍의 남녀가 단우옥 옆방에 묵었노라고.

단우옥은 사뭇 긴장했다.

"무슨 일이죠? 왜 이런 곳에서 혼자 앓고 있는 건가요?"

그녀의 물음에 소녀는 큰 눈을 더욱 크게 뜨고 무슨 말인가 하려는 듯 입술을 달싹거렸다.

그러나 소녀의 바싹 말라붙은 입술 사이로는 말 대신에 색색거리는 거친 숨소리만 흘러나왔다.

그 모습을 보며 단우옥은 적잖이 놀랐다.

'세상에! 마혈과 아혈이 제압됐기 때문에 움직이지도 말하지도 못하는 거였어……'

그것은 누군가 소녀를 제압하여 이곳에 방치, 혹은 숨겨놓았다는 뜻이었고, 그 사람이 다시 돌아올 것이라는 뜻이기도 했다.

아마도 그 누군가라는 것은 소녀와 함께 객잔에 투숙했던 그 남자일

가능성이 컸다.

단우옥은 급히 공력을 끌어올려 주변의 기척을 살폈으나 최소한 반경 칠팔 리 내에서는 아무것도 감지되지 않았다.

그 남자가 무엇 때문에 아픈 소녀를 이런 곳에 방치했는지는 단우옥으로서는 전혀 모를 일이었다. 하지만 좋은 뜻을 갖고 있는 것 같지는 않았다. 문득 단우옥의 시선이 소녀에게 덮여 있는 흑포에 머물렀다.

아마도 소녀의 혈도를 제압한 자의 옷인 듯했다.

추위하는 소녀에게 옷을 덮어준 것으로 봐선 소녀를 방치한 남자가 악인은 아닌 것 같다는 생각이 설핏 들었지만 섣부른 추측은 금물이었다.

"두려워하지 말아요. 내가 당신을 구해줄게요."

단우옥은 소녀의 손을 꼭 잡고 부드러운 미소를 지었다. 그러자 소녀의 두 눈에 가득 떠올라 있던 두려움이 안타까운 애원으로 바뀌었다.

그녀의 물기를 머금은 눈망울을 굽어보는 단우옥은 무슨 일이 있어도 그녀를 꼭 구해야겠다고 속으로 다짐했다.

단우옥이 흑포를 벗겨내자 뜻밖에도 소녀는 매우 질 좋은 고급 비단옷을 입고 있었다.

단우옥은 소녀를 안고 덤불에서 나왔다.

소녀의 몸은 나뭇잎처럼 가벼웠다.

단우옥도 가벼운 축에 드는데 소녀의 몸무게는 단우옥의 절반에도 못 미칠 듯했다.

그리고 소녀의 떨림과 열기가 고스란히 전해져서 단우옥의 몸까지도 떨리고 뜨거워질 지경이었다.

휘익!

순간 단우옥은 남쪽으로 방향을 잡고 한줄기 바람처럼 빠르게 쏘아 갔다.

슉—

단우옥이 사라진 지 이각 후 덤불 앞에 하나의 흑영이 추호의 기척도 없이 나타났다.

마치 처음부터 그곳에 있었거나 하늘에서 뚝 떨어진 것 같은 갑작스런 출현이었다.

칠흑 같은 흑의에 후리후리한 키, 온몸에서 자욱하게 풍겨지는 으스스한 기운, 같은 남자가 보더라도 한눈에 위압감을 느낄 듯한 지극히 남자다운 강인한 용모, 그리고 오른쪽 어깨에 메어져 있는 한 자루 칙칙한 먹빛의 검. 다름 아닌 쾌검마였다.

순간 그는 덤불 속에 아무도 없다는 것을 느끼고 가볍게 손을 뒤집었다.

파아아—

그 한 번의 작은 동작으로 덤불 전체가 송두리째 뽑혀서 허공으로 날아가 버렸다.

역시 그가 감지한 대로 소녀는 그곳에 없었다.

순간 그의 두 눈에서 새파란 안광이 줄기줄기 뿜어져 나왔다.

누군가 그의 눈을 쳐다보는 것만으로도 오금이 풀려서 그 자리에 털썩 주저앉고 말 섬뜩한 안광이었다.

그는 날카롭게 주변을 살피는 한편 공력을 끌어올려 십여 리 안에서 일어나는 모든 기척을 감지하기 시작했다.

그러나 허사였다.

아무것도 감지되지 않았다.

후두두—

그의 왼손에 쥐어져 있던 약초 뭉치가 흩어져 내렸다.

그는 아픈 소녀에게 먹일 약초를 구하기 위해 먼 곳까지 갔던 자신의 섣부른 행동을 후회했으나 이미 때는 늦고 말았다.

이어서 그는 주변 바닥을 예리하게 살피다가 어느 한곳에 이르러 가볍게 눈을 빛냈다.

몇 개의 풀이 한쪽 방향으로 약간 누워 있었다. 풀이 누운 방향은 남쪽을 가리키고 있었다.

*　　　*　　　*

쩔렁!

"형님, 이게 뭡니까?"

현악의 소지품을 정리하던 채엽이 하나의 묵직한 헝겊 주머니를 탁자에 내려놓으며 침상에 누워 있는 현악을 쳐다보았다.

"따로 치워놔라."

현악은 감은 눈을 뜨지 않은 채 중얼거리듯이 말했다.

채엽은 묵직한 주머니에 돈이 들었을 것이라고 추측했으나 더 이상 묻지 않았다.

그의 짐작대로 주머니에는 은자가 들어 있었다.

안택현 혜수 강변에서 현악이 자신에게 죽은 무림고수들의 품속을 뒤져 모은 돈이었다.

"초 형과 염교는 어떤 상태지?"

현악의 물음에 침상 옆에 앉아 있던 적사가 공손히 대답했다.

"흑사신께선 원래 큰 상처가 없으셨고 다만 기력이 크게 고갈되셨기 때문에 지금은 빠르게 회복 중이십니다만, 하지만 염교는 어려움을 겪고 있습니다."

현악의 얼굴이 어두워졌다.

"죽을지도 모른다는 뜻인가?"

"솔직히… 그렇습니다."

현악은 갑자기 가슴이 답답해졌다.

적사는 필경 흑궁녀를 살리려고 온갖 방법을 동원했을 것이다. 그러므로 적사의 말은 그녀의 생사를 하늘에 맡기는 수밖에 없다는 뜻이었다.

"부탁입니다. 염교는 더 이상 신경 쓰지 마십시오."

적사는 공손하지만 완강하게 부탁했다.

아니, 그것은 요구에 가까웠다.

"심화(心火)는 현악님의 회복을 더디게 하거나 어쩌면 상처를 덧나게 할지도 모릅니다. 그러니 현악님께선 염교의 생사 따윈 개의치 마시고 회복에만 전력하시기 바랍니다."

냉정을 넘어선 비정한 요구였다.

흑궁녀를 염려하는 마음이 깊어져서 심화로 발전할 가능성을 염려한 것이었고, 실제로 투병 중인 무인들에게서 그런 예는 종종 일어났다.

소위 울화병 내지 우울병이 다른 병의 회복을 지연시키거나 덧나게 하는 것이다.

현악은 가볍게 이마를 좁히며 적사를 나무랐다.

"그렇게 말하는 것은 너무 심한 거 아닌가, 적사?"

"심하지 않습니다."

적사는 완고했다.

"두 필의 말이 끄는 한 대의 이두마차가 있고, 마차의 어자석에는 두 사람이 앉아서 마차를 몰고 있습니다. 갈 길은 매우 멀고 험난하기 때문에 목적지에 도착할 수 있는 확률은 희박합니다. 그러나 두 사람은 반드시 목적지에 도착해야만 합니다."

채엽과 전굉은 적사 뒤에 나란히 서서 그의 말을 듣고 있는데 말뜻을 이해하려는 듯 생각에 잠겨 있었다.

적사의 음성은 언제나처럼 나직하고 맑았으나 약간의 힘이 실려 있다는 점이 평소와는 달랐다.

"길을 가던 중에 두 필의 말 중 하나가 발이 부러졌습니다. 현악님께서 마부라면 어떻게 하시겠습니까?"

"당연히 말을 바꿔야지, 튼튼한 놈으로."

"마차 바퀴가 부서졌습니다. 어떻게 하시겠습니까?"

"바퀴를 갈아야지."

지극히 당연한 문답이 단조롭게 오고 갔다.

적사는 약간 고개를 숙이며 조용히 결론을 내렸다.

"두 사람의 마부는 바로 현악님과 흑사신님이십니다. 또한 말과 바퀴, 그 외에 마차의 자잘한 부분들은 저희들입니다."

"……!"

현악은 무언가 깨달아지는 것이 있어서 적잖이 놀라는 표정을 지었다.

"말이 다치거나 바퀴가 부서지면 당연히 바꿔야 합니다. 마차가 멈춰서는 안 되기 때문입니다."

현악은 놀라움을 넘어서 머리가 확 트이기 시작했다.

깨달음이었다.

그러나 깨달음으로 머리는 밝아졌으나 가슴은 조금 전보다 더 답답해졌다.

마차가 가야 할 목적지에는 당연히 천하무림이 있을 것이다.

적사의 말은 백 번 옳았다.

다친 말과 부서진 바퀴를 부여안고 전전하다가는 마차는 더 이상 구르지 못할 것이고 목적지에는 도착하지 못한다.

적사는 차분한 어조로 말을 맺었다.

"마차는 멈추지 않고 계속 가야만 합니다. 만약 저 때문에 마차가 멈출 상황이 된다면, 두 분이 절 버리시기 전에 제 스스로 떠나겠습니다."

그리고는 좌중에 침묵을 흘렸다.

채엽과 전굉은 자신들이 마차의 어느 부분일까를 조심스럽게 생각해 보았다.

＊　　　＊　　　＊

이틀이 지났다.

단우옥은 소녀와 함께 있던 남자가 추적할 것에 대비하여 정주 성내에 묵지 않고 교외의 작고 아담한 장원의 방 두 개를 빌려 소녀와 함께 묵었다.

단우옥은 이 장원에 도착하자마자 소녀의 제압됐던 마혈과 아혈을 풀어주었다.

그리고 소녀의 상태를 세심히 살피다가 그녀의 체내 몇 군데에 기혈이 뭉쳐 있는 사실을 발견해 냈다.

그런 현상은 오랫동안 극심한 심화(心火)를 겪었을 때 나타나는 것이었다.

또한 그것은 흡사 상풍증과 비슷한 증상을 보이기 때문에 상풍증으로 오진하는 경우가 왕왕 있었다.

단우옥이 소녀에게 약간의 진기를 불어넣어 뭉친 기혈을 풀어주고 심화에 좋은 약을 지어 복용시키자 소녀는 한숨 푹 잔 사람처럼 반나절 만에 깨어났다.

"고마워요."

소녀는 그렇게 처음 말문을 연 후 조심스럽게 자신에 대해서 설명하기 시작했다.

소녀의 말에 의하면, 그녀는 두 살 위인 믿음직스러운 오라비와 산서 안택현 변두리 저잣거리에서 육점을 하며 가난하지만 오순도순 살고 있었다고 한다.

어느 날, 오라비는 비검문이라는 방파에 고기 배달을 하러 갔다가 검술 수련을 훔쳐봤다는 죄목으로 붙잡혀서 뇌옥에 갇혀 버렸고 그것으로 소녀와는 연락이 끊겼다. 크게 당황하고 겁이 난 소녀는 전문 앞에 무릎 꿇고 오라비의 무사 방면을 빌었으나 허사였다.

소녀는 사흘 만에 전문 앞에서 혼절해 쓰러져 있다가 사촌 오빠에 의해 집으로 옮겨졌다.

원래 병약한 소녀는 그 충격으로 시름시름 앓기 시작했기 때문에 다시 비검문 전문 앞에 꿇어 앉아 무고한 오라비의 방면을 호소할 수도 없는 처지가 되어버려서 그저 안타까움에 눈물로 하루하루를 보내야만 했다.

그렇게 두 달이 지난 어느 날 밤.

오라비 걱정 때문에 잠을 못 이루고 마당에 나와 서 있던 소녀는 갑자기 쓰러져서 깊은 잠에 빠져 버렸다.

누군가에게 혼혈이 제압된 것이지만 무공의 '무' 자도 모르는 그녀가 그 사실을 알 리 없었다.

이후 그녀가 깨어나 보니 자신이 어떤 허름한 방의 침상에 누워 있는 것을 알게 되었다.

또한 침상 옆 의자에는 한 명의 낯선 흑포인이 앉아서 그녀를 묵묵히 응시하고 있었다.

흑포인은 지나칠 정도로 과묵했다.

소녀가 집에 보내달라고 애원해도, 왜 자기를 납치했으며 당신은 누구냐고 물어도 그는 묵묵부답으로 일관했다.

흑포인은 비단 소녀를 집으로 돌려보내거나 놔주지도 않았을뿐더러 오히려 그녀를 데리고 집으로부터 점점 더 멀어졌다.

그는 낮에는 객잔의 방 한 칸을 빌려 소녀와 함께 지냈다. 식사도 객방으로 가져오게 하여 먹었으며, 낮 동안에는 무슨 일이 있어도 문 밖에 나가지 않았다.

흑포인은 한 자루 시커먼 검을 어깨에 메고 있었다.

소녀는 그가 잠자는 것을 한 번도 본 적이 없었다. 그는 방바닥에 앉아 눈을 감고 하루 종일 명상에 잠겨 있었다.

그러나 그는 과묵한 것과는 달리 소녀에겐 몹시 친절했다.

점소이를 시켜서 소녀가 입을 만한 고급 비단옷을 세 벌이나 사 오게 했다. 또한 객잔 주인의 부인을 불러와 여자에게 필요한 것들이 무엇이냐고 자세히 묻고는 그것들을 모두 사 오도록 했다.

또한 그는 소녀가 식사를 제대로 하지 않자 입맛이 없어서 그러는 줄 알고 최고급의 좋은 요리들을 시켜주었다.

하지만 소녀는 언제나 참새 눈물만큼만 겨우 먹을 뿐이었다. 어떨 때는 며칠씩 아무것도 먹지 못하고 물만 몇 모금 겨우 삼키는 정도였는데, 그 이유는 오라비를 걱정하기 때문이었다.

소녀는 오라비가 아직도 비검문 뇌옥에 갇혀서 모진 고초를 겪고 있다고 여기고 있었기 때문이다.

그녀가 먹지 못하고 나날이 여위어가는 모습을 지켜보는 흑포인의 눈빛도 점점 암울하게 변해갔다.

흑포인이 움직이는 시간은 주로 밤이었다. 일단 어두워지면 소녀를 등에 업고 때로는 관도로, 때로는 길도 없는 산속으로 밤새 한 번도 쉬지 않고 달렸다.

소녀가 달리는 흑포인 등에 처음 업혔을 때는 너무 무서워서 그의 등에 얼굴을 묻고는 눈을 뜨지도 못했다. 달리는 속도가 너무 빨라서 겁이 났기 때문이었다.

정확한 날짜는 알 수 없었지만, 소녀가 흑포인에게 납치된 지 보름께쯤에 두 사람은 어느 깊은 산중의 아담한 초옥에 도착했다. 객잔이 아닌 최초의 집이었다.

초옥은 비록 작았지만 깨끗했고 아담했으며 한 칸의 부엌과 두 칸의 방이 있어서 흑포인과 소녀가 각각 다른 방을 사용했다.

소녀는 틈만 나면 흑포인에게 자기를 집에 데려다 달라고 애원했으나 흑포인은 언제나 묵묵부답이었다.

그것만 제외하면 흑포인은 소녀에게 친오라버니나 아버지처럼 잘 대해주었다.

그곳에서 흑포인은 소녀의 혈도를 제압하지도 일체 구속하지도 않았다.

하지만 워낙 깊은 산중이고 어딘지도 모르는 상황이라서 소녀는 도망칠 엄두도 내지 못했다.

어느 날, 소녀는 흑포인이 없는 줄 알고 무심코 그의 방문을 열었다가 그가 속곳 하나만 달랑 입은 채 스스로의 상처를 치료하고 있는 광경을 목격하고 말았다.

소녀는 크게 놀라서 급히 방문을 닫고 도망쳐 나왔지만 잠시 후 다시 조심스럽게 방으로 들어갔다.

방금 전에 보았던, 흑포인이 손이 잘 닿지 않는 등의 상처를 치료하느라 쩔쩔매던 모습이 떠올랐기 때문이다.

선천적으로 선하고 여린 성품을 지닌 소녀는 흑포인의 난감한 상황을 목격하고는 모른 체할 수 없었던 것이다.

그날부터 흑포인의 치료는 소녀가 전담하게 되었다.

흑포인의 상처는 거의 아물어가고 있었지만 온몸에 거의 빈틈이 없을 정도로 빼곡하게 들어찬 상처들을 보는 순간 소녀는 너무 놀라서 한동안 망연자실 서 있다가 마침내는 눈물을 쏟아내고야 말았다.

흑포인이 너무나 가여웠기 때문이다. 그것은 그가 자신을 납치했다는 사실과는 별개의 문제였다.

그렇게 기이한 동거는 한 달 하고도 보름이나 이어졌다.

그리고 소녀가 흑포인의 상처를 더 이상 치료할 필요가 없게 되었을 때, 흑포인은 그녀를 혼자 초옥에 남겨두고 사흘 동안 어딘가에 다녀온

적이 있었다.

그가 돌아왔을 때 초옥에는 아무도 없었다. 그러나 오래지 않아서 흑포인은 어느 야트막한 언덕 아래에 혼절해 있는 소녀를 발견하고 그녀를 다시 초옥으로 데려왔다.

소녀는 흑포인이 떠나자마자 산서 안택현의 집으로 돌아가기 위해서 무작정 초옥을 출발했다. 그러나 그 결과는 어이없는 것이었다. 사흘 동안 숲 속을 헤매기만 하다가 얕은 언덕에서 굴러 혼절했던 것이다.

그 사흘 동안 그녀가 초옥에서 벗어난 거리는 겨우 삼 리도 되지 못했다.

소녀는 별로 다치지 않았지만 흑포인은 그녀가 침상에 누워서 꿈쩍도 못하게 했다. 말은 하지 않았지만, 무리하지 말고 푹 쉬라는 뜻이라는 걸 소녀는 알 수 있었다.

닷새 후 흑포인은 또다시 초옥을 비웠다.

처음처럼 역시 소녀를 제압하지도, 도망치지 말라고 당부하지도 않았다.

그리고 다시 사흘 후 흑포인이 초옥에 돌아왔을 때 그는 초옥 옆 연못가에서 꽃을 꺾고 있는 소녀를 발견할 수 있었다.

소녀는 처음 얘기를 시작한 이후 줄곧 창밖을 바라보다가 이윽고 시선을 거두어 단우옥을 바라보았다.

"왜, 그러세요?"

그녀는 단우옥이 얼굴에 더할 수 없이 놀라는 표정을 가득 떠올린 채 자신을 주시하고 있는 것을 발견하고 깜짝 놀랐다가 조심스럽게 물었다.

그녀는 모르고 있었지만, 그녀가 얘기를 시작한 이후 단우옥은 줄곧 그런 표정을 짓고 있었다.

단우옥은 현악에게 누이동생에 대해서 들은 적이 한 번도 없었다. 그럴 만한 시간적 여유도 없었다.

하지만 방금 해준 이야기에 나오는 소녀의 오라버니는 현악이 분명했다.

"혹시… 당신 오라버님 이름이 현악이 아닌가요?"

단우옥은 가늘게 떨리는 음성으로 조심스럽게 물었다.

"……!'

이번에는 소녀가 소스라치게 놀랐다.

그녀는 벌떡 일어나서 커다란 눈을 더욱 크게 뜨고는 믿을 수 없다는 표정으로 단우옥을 바라보았다.

그리고 한참 만에야 간신히 입을 열었다.

"어… 떻게 오라버님을 알죠?"

소녀의 반문은 그녀 자신이 현악의 누이동생이라는 대답을 내포하고 있었다.

"아아, 어떻게 이런 일이……."

◈제35장◈
자운(紫雲)

자운(紫雲)

소녀, 자운은 마치 망망대해를 표류하다가 피붙이를 만난 것처럼 너무나 반가워했다.

자운은 단우옥이 현악에 대해서 말하는 동안 단 한 마디라도 놓치지 않으려는 듯 눈도 깜빡이지도 않고 단우옥을 바라보면서 줄곧 눈물을 흘렸다.

하지만 단우옥은 현악에 대해서 자세하게 설명할 수는 없었다. 그녀가 현악에 대해서 알고 있는 것이 그리 많지 않기 때문이기도 했지만, 알고 있는 것들의 거의 대부분은 현악이 죽음 직전에 처했던 절박한 상황들뿐이었다.

그런 것들을 얘기했다가는 자운이 큰 충격을 받거나 슬퍼할 것이 분명했기 때문이다.

그래서 단우옥은 그런 것들을 제외한, 자신이 현악에 대해서 알고 있는 아주 단편적인 것들을 얼기설기 조합하여 설명해 주느라 자신이 하고 있는 이야기의 전말이 어떻게 흘러가고 있는지를 제대로 알지도 못할 지경이었다.

자운은 설명을 모두 듣고 나서 크게 놀라는 듯하더니, 여태까지보다 더 환한 표정으로 단우옥의 손을 잡으며 노래를 부르듯이 탄성을 터뜨렸다.

"아아! 그러니까 언니는 악 오라버님의 정혼녀로군요?"

"그것은……."

단우옥은 적잖이 당황했다. 그렇지만 자운의 말을 부인하지는 않았다.

단우옥은 제대로 설명을 한 셈이었다.

"이번 일은 좀 오래 걸릴 거라고 그분이 말했어요. 그래서 저를 데려가 달라고 부탁했지요. 초옥에서 생활하는 데 필요한 물건도 구입해야 하고, 또 혼자 산속에 오래 있을 생각을 하니까 너무 무서웠거든요."

자운은 단우옥의 손을 꼭 잡은 채 자신을 납치한 인물에 대해서 다시 설명을 이었다.

"그런데 그분이 저를 객잔에 남겨두고 볼일을 보러 간 밤 동안에 갑자기 오라버니 생각이 너무 사무쳤어요. 혹시나 오라버님에게 무슨 변고라도 생긴 것이 아닐까 하고 생각하니까 계속 눈물만 났어요."

단우옥이 짐작했던 대로, 자운이 객잔의 옆방에서 밤새 울었던 장본인이었다.

단우옥은 그렇게 오라버니가 걱정이 된다면서 그날 밤에 왜 객잔에서 도망치지 않았는지 궁금했지만 묻지는 않았다.

"그것 때문이었어요, 제가 아팠던 원인은. 그분은 저를 덤불 속에 눕혀놓고는 자신의 옷을 덮어주며 말했어요, 약초를 구해올 테니 잠시만 참으라고……."

그자가 약초를 구하러 간 잠깐 사이에 단우옥이 자운을 발견하곤 데리고 왔던 것이다.

'그런데 왜 마혈과 아혈을 제압한 것일까?'

정신이 혼미한 자운이 이리저리 움직이거나 신음을 흘리다가 산속에서 길을 잃거나 산적에게 변을 당할까 봐 그랬을까?

단우옥은 혼자 의문을 떠올렸다가 스스로 답해놓고서도 뭔가 석연치 않음을 떨쳐 버리기가 어려웠다.

그자는 대체 누구기에 무엇 때문에 자운을 납치한 것일까?

자운에게 극진하거나 정성스러운 것으로 봐서는 악인은 아니며 악한 마음을 품은 것은 아닌 듯했지만 단우옥으로서는 알 수 없는 일이었다.

"그는 지난 두어 달 동안 한마디도 하지 않았나요?"

사람이 벙어리가 아닌 다음에야 어떻게 그리 오랫동안 말 한마디 하지 않을 수 있는 것인지 궁금했다.

"딱 한 마디 했어요."

그가 한 말을 떠올렸는지 자운은 배시시 미소 지으며 대답했다.

"뭐라고 했죠?"

"거기 말고 그 옆이오, 라고요."

단우옥은 의아한 표정을 지었다.

"무슨 뜻이죠?"

자운은 뽀얗게 흰 손으로 입을 가리며 수줍게 미소 지었다.

"제가 그분 등에 난 상처를 치료할 때 약을 잘못 바르니까 위치를 제대로 가르쳐 준 말이었어요."

거기 말고 그 옆이라니…….

순간 두 소녀는 잠시 얼굴을 마주 보다가 거의 동시에 맑은 교소를 터뜨렸다.

"호호호홋!"

"홋홋홋! 거기 말고 그 옆이라구요?"

*　　　*　　　*

흑궁녀가 기어코 죽음을 이겨내고 정신을 차린 것은 열흘 전의 일이었다.

그러나 그녀는 움직이기는커녕 말을 하거나 눈을 뜰 수조차 없는 형편이었다.

이제 겨우 죽음과의 사투에서 소생한 그녀는 제 스스로 숨을 쉬는 것조차 다행일 정도로 기력이 쇠잔한 상태였기 때문이다. 하지만 그녀가 깨어난 것을 아는 사람은 아무도 없었다. 심지어 지금 그녀가 누워 있는 침상 옆 의자에 앉아서 졸고 있는 현악조차도 그 사실을 까맣게 모르고 있었다.

열흘 전, 흑궁녀가 처음 깨어나서 제일 먼저 느낀 것은 누군가의 투박한 손이 자신의 젖가슴을 더듬고 있다는 너무도 충격적인 사실이었다.

상상해 보라.

자신이 죽었는지 살았는지, 어디에 어떤 모습으로 있는지도 잘 모르는 상황에서 깨어나자마자 누군가 자신의 젖가슴을 더듬고 있다는 사실을 깨달았을 때의 황당한 심정을. 그러나 그 당시의 흑궁녀는 추호도 반항할 수 없는 처지였다.

그저 이제 막 깨어난 정신으로만 '이 죽일 놈을!' 하며 이를 갈 뿐이었다.

그 크고 투박한 손은 그녀의 허리춤을 비집고 들어와 맨살을 쓰다듬듯이 타고 오르더니 젖가리개도 하지 않은 젖가슴 한복판에 딱 밀착했다.

그리고 그녀는 그제야 깨달았다, 그 손의 임자가 자신의 젖가슴을 만지려고 한 것이 아니었다는 사실을.

손은 단지 두 젖가슴 사이의 앙가슴에 손바닥을 밀착시키려고 한 것일 뿐이었다.

그런데 그 손이 너무 컸고, 그리고 두 젖가슴이 너무 풍만해서 그 사이가 협소했기 때문에 본의 아니게 손이 젖가슴을 덮는 상황이 돼버렸던 것이다.

그리고 손바닥이 양 가슴에 밀착되자마자 손바닥을 통해서 그녀의 가슴속으로 도도하면서도 뜨거운 진기가 주입되기 시작했다.

그 순간의 놀라움이라는 것은, 그녀가 처음 깨어나 누군가 자신의 젖가슴을 더듬는다고 착각하여 놀랐을 때보다 최소한 열 배는 더 컸을 터이다.

진기는 반 시진 동안 끊이지 않고 도도하게 흑궁녀의 체내로 흘러들어 그녀의 전신을 무려 십 주천하며 내상을 다독이고 기력을 일으켜주었다.

그리고 나서 손이 슬며시 빠져나가고 이내 여태까지와는 다른 침묵이 흘렀다.

그러나 흑궁녀는 그 손의 주인이 떠나지 않고 침상 옆에 앉아 있음을 느꼈다.

하지만 그 손의 주인이 누군지 짐작조차 되지 않았다. 그녀는 누가 자신에게 진기를 주입했는지 궁금해서 미칠 지경이었으나 어쩔 도리가 없었다.

그러나 잠시 후 흑궁녀는 알게 됐다. 그 손의 주인이 마치 기도하듯이 나직이 중얼거렸기 때문이었다.

"염교야, 제발 죽지 마라. 너 죽으면 난 정말 살맛 안 날 거다. 살아나기만 하면 네 말 잘 들을 테니까 제발 죽지만 마라, 응?"

"……!"

그 순간 흑궁녀는 엄청난 충격에 빠졌다.

그녀는 눈물이 왈칵 쏟아졌고 가슴이 미어져서 숨을 쉬기조차 힘들 정도로 감격에 빠졌다.

풍사단의 사갈이며 독사인 흑궁녀를 이처럼 감동에 떨게 만들 사람은 딱 한 명 오직 현악뿐일 것이다.

그러나 그녀는 실제 눈물을 흘리지는 않았다. 눈물이 말라 버린 것인지 눈물을 흘릴 기력조차 없는 것인지, 하여튼 가슴이 빠개지는 듯한 감동만을 받았다.

그것이 열흘 전 그녀가 처음 깨어났을 때 벌어진 일이었다. 그날 이후 오늘까지 열흘째 현악은 하루도 빠지지 않고 흑궁녀를 찾아와 진기를 주입시켜 주었다.

그는 어떤 날은 밤새 한마디도 하지 않았고, 또 어떤 날은 제발 죽지 말라는 기도 같은 주문을 늘어놓으면서 밤새 침상 곁을 지키다가 동이 트기 전에 슬며시 나가 버리곤 했다.

도대체 현악은 언제부터 흑궁녀에게 찾아와 진기를 주입시켰던 것일까.

언제부터일지는 알 수 없지만, 흑궁녀는 한 가지 사실만은 분명히 깨달았다.

현악이 자신을 살렸다는 것을…….

지금 현악은 자고 있었다.

흑궁녀의 허벅지에 뺨을 대고 가늘게 코까지 골면서 깊은 잠에 빠져 있었다.

오늘밤에 그는 기도 같은 주문을 외우지 않았다.

대신 평소보다 더 오래, 그리고 많이 그녀에게 진기를 주입시키고는 많이 지친 듯 거친 호흡 소리가 흑궁녀에게까지 들릴 정도로 헐떡이다가 곧바로 쓰러져서는 잠이 들어버렸다.

아마도 그는 흑궁녀가 영원히 깨어나지 못할까 봐 겁이 났던 모양이다.

요즘의 흑궁녀는 움직일 수도, 말을 할 수도, 눈을 뜰 수도 없었지만 마음만은 너무나 행복했다.

오죽하면 움직일 힘이 생겨나지 않아도 좋으니까 이 시간이 영원했으면, 하고 가끔 황당하기 짝이 없는 기원이 떠올라 그녀 자신이 화들짝 놀랄 정도였겠는가.

"……!"

그때 흑궁녀는 깜짝 놀랐다. 자고 있던 현악이 갑자기 벌떡 일어섰기 때문이다.

그 직후 들려온 현악의 말,

"염교야, 오늘은 좀 일찍 가야겠구나. 내가 방에 없는 걸 적사가 눈치챈 모양이야. 지금 이리로 오고 있다. 나 간다. 어서 빨리 깨어나라, 응?"

그리고는 아무 소리도 들리지 않았다.

현악은 아마 창을 통해서 소리없이 빠져나간 듯했다.

척!

그리고는 곧 방문이 조심스럽게 열렸다.

흑궁녀는 눈을 뜨지 않고도 그가 적사라는 사실을 알 수 있었다.

저벅저벅―

적사가 침상으로 걸어오는 발자국 소리가 이어졌다.

이어서 흑궁녀 바로 위에서 적사의 중얼거림이 들려왔다.

"염교, 도대체 언제까지 누워 있을 셈이냐?"

"……."

흑궁녀는 자신이 깨어났다는 사실을 적사가 알고 있는 줄 알고 크게 놀랐다.

그러나 그녀는 정신만 깨어 있을 뿐이라서 자신의 처지를 적사에게 알릴 수가 없었다.

다시 적사의 말이 이어졌고, 흑궁녀는 한 가지 놀라운 사실을 깨달았다.

"현악님도 몸이 성치 않은 상태란 말이다. 그 몸으로 벌써 한 달째 너에게 진기를 주입시키고 계시니… 대체 어쩌시려는 것인지 나로서도 대책이 서지 않는구나……."

"……."

독사 흑궁녀의 가슴으로 홍수 같은 눈물이 흘렀다.

"휴우… 현악님 고집을 누가 꺾겠느냐? 그분을 그만두게 하려면 염교 네가 빨리 깨어나기만을 기도하는 수밖에 없는 일이다."

적사가 나가자마자 흑궁녀는 한 가지 일을 시도해 보았다. 스스로 운공을 해보자는 것이었다.

"잘 들어라! 오늘부터 너희에게 내 성명도법인 벽력진기도법을 전수하겠다!"

전굉은 단하에 나란히 늘어서 있는 삼십오 명을 굽어보며 엄숙하게 말문을 열었다.

무림인이라면 어느 누구라도 자신의 무공을 금쪽처럼 아끼기 마련이다. 더구나 벽력도 전굉 같은 일파 지존의 신분이었던 사람에겐 더하면 더했지 못하지 않을 터.

그런데도 그는 자신의 성명도법을 눈앞의 삼십오 명에게 전수하겠다고 서슴없이 선언한 것이다.

이백여 명의 대홍방 고수들 중 남기로 했던 사람이 백십삼 명이었다.

그 백십삼 명 중에서 현악과 초곤의 무공을 배우는 것이 적합한 것으로 판명된 사람이 칠십팔 명이고, 이들 삼십오 명은 전굉의 도법이 적합한 것으로 결정되었다.

전굉은 자신의 소중한 성명도법을 수하들에게 전수할 생각 따위는 꿈에서조차 해본 적이 없었다.

이것은 순전히 현악의 제안이었다.

전굉은 한 올의 망설임도 없이 그 제안에 따랐다. 아니, 명을 받들었다.

그는 초곤의 성명도법이 삼백 년 전 사파제황인 역천도제의 역천도법이라는 사실을 알게 되고는 소스라치게 놀랐었다.

뿐인가. 현악의 쾌검식이 혈살성 쾌검마에게 전수받았다는 사실을 알고는 입에 거품을 물 정도로 대경실색했었다.

그런 두 사람이 자신들의 무공을 아낌없이 전수하겠다고 나서는데 하물며 전굉 따위가 그럴 수 없노라고 반대하겠는가.

그 일로 인해서, 전굉은 현악과 초곤의 의지가 확고부동하다는 사실을 새삼 절감했다.

세 사람은 생명과도 바꿀 수 없는 자신들의 성명절기를 과감히 내놓았다.

그것은, 두 사람의 각오가 어느 정도라는 것을 명백히 보여주고도 남았다.

"어딜 다녀오셨습니까?"

오전 내내 보이지 않던 현악이 정오가 지나서야 어슬렁거리며 나타나 내전으로 들어서자 그를 기다리느라 눈이 빠질 뻔했던 적사가 정색을 하고 물었다.

"응. 답답해서 바람 좀 쐬고 왔어."

현악은 건성으로 대답하곤 건물의 지하로 통하는 계단을 어슬렁거리면서 내려갔고, 적사가 뒤를 따랐다.

"몸이 완전히 나았다고 생각하십니까?"

적사는 현악의 어깨에 혈인검이 메어져 있지 않은 것을 발견하고 적잖이 놀랐다.

현악은 무기를 지니지 않은 채 맨몸으로 외출했다가 돌아오는 길이었다.

현악은 지하의 여러 개 석실 중의 한 곳으로 들어서며 태연히 대꾸했다.

"다 나았으니까 돌아다니는 거잖아."

석실은 원래 대흥방이 연공실로 사용했기 때문에 꽤 넓었는데, 현악이 자신의 방으로 사용하겠다면서 돌 침상과 돌 탁자, 돌 의자들을 들여놓았다.

편하게 자고 생활하면 게을러지고 마음이 해이해진다면서 그가 내린 결정이었다.

적사는 잔소리쟁이 시어머니처럼 현악을 따라다니면서 귀찮게 굴었다.

"그러시다면 몸도 풀 겸 흑사신님과 한차례 비무라도 해보시는 게 어떻겠습니까?"

"……."

돌 의자에 앉아 있던 현악은 두말없이 돌 침상으로 가서 조용히 몸을 눕혔다.

그는 며칠 전에도 말없이 나갔다가 돌아왔을 때 적사의 저 말에 별뜻 없이 초곤과 비무를 했었다.

정말이지, 그는 아주 가벼운 마음으로 비무에 임했었다. 그 결과 이 초식째에 초곤이 발출한 무지막지한 도풍을 가슴에 정통으로 적중당하여 입에서 피를 토하며 허공으로 오 장이나 날아갔다가 꼴사납게 땅바닥에 나뒹굴고 말았다.

사실, 현악은 예전에 비해 칠 할 정도밖에 호전되지 않은 상태였으며, 그나마도 밤마다 흑궁녀에게 진기를 불어넣느라 부실하기 짝이 없는 몸 상태였던 것이다.

게다가 그저 가벼운 비무겠거니 해서 싸우는 체하다가 그만둘 생각이었다. 그런데 초곤이 마치 불공대천지수를 쳐죽이려는 듯 전력으로 공격을 퍼부을 줄은 예상조차 못했다.

현악은 침상에 얌전하게 누워서 눈을 말똥거렸다.

"숙제는 다 하셨습니까?"

적사는 침상가에 다가와 의자에 앉으면서 한 권의 고서를 펼치며 조용히 물었다.

"다 했어."

"그럼 묻겠습니다. 적토성산 풍우홍언 적수성연 교룡생언(積土成山 風雨興焉 積水成淵 蛟龍生焉)은 무엇입니까?"

순자(荀子)의 가르침이다.

현악은 눈을 끔뻑거리다가 조용히 입을 열었다.

"흙이 쌓여 산이 되면 바람과 비는 저절로 일게 마련이고, 물이 고여 연못이 되면 교룡은 저절로 생겨난다."

"이 말은 무슨 교훈을 주는 것입니까?"

"실력과 덕을 쌓아 때를 기다리면 언젠가는 천하를 호령할 날이 온다는 뜻이지."

막힘이 없다.

"지족부욕 지지부태(知足不辱 知止不殆)는 무엇입니까?"

이번에는 노자(老子)의 말씀이다.

"만족을 알면 욕을 당하지 않고, 멈출 줄 알면 위태롭지 않다."

현악은 늘어지게 하품을 했다.

"쉬시겠습니까?"

백 가지 숙제를 냈다고 백 가지를 다 묻는 것이야말로 어리석은 짓이다.

두 번 물어서 두 번 다 막힘이 없다는 것은, 다른 것도 깡그리 외웠다는 뜻이다. 적사는 그동안 현악을 가르쳤던 경험으로 그것을 알고 있었다.

현악은 오전 내내 여기저기 돌아다녔으니 피곤할 만도 했다. 하지만 적사가 가르치는 경서강론을 빼먹고 싶지는 않았다.

"아니, 계속해."

현악은 한 달 전에 느닷없이 적사에게 학문을 가르쳐 달라고 부탁했다.

적사는 청년 시절에 장안에서 서원(書院)을 열어 왕후장상의 자제들을 가르쳤던 유명한 학자였다.

그 당시 그가 가르치던 제자들 중 한 명의 부친이 황족이었는데, 그 사람의 천거로 스물다섯 살 젊은 나이에 꽤 높은 관직에 나가게 됐었다.

그러나 원래 그는 관리 체질이 아니었다.

그는 꼬장꼬장하고 고지식한 성격 탓에 누구에게나 직언을 서슴치 않았다.

그러던 어느 날, 그는 자신의 직언 때문에 윗사람의 큰 노여움을 사는 일이 생기게 되었다.

그것은 이미 예정된 일이나 다름이 없었다. 다만 언제 그런 일이 터질 것인가 하는 것이 문제였을 뿐.

그 사건 때문에 하마터면 죽을 뻔했던 그는 즉시 관복을 벗고 그 길

로 천하를 홀홀 주유하다가 우연히 초곤을 만나 의기투합하여 오늘에
이르게 된 것이다.

현악은 마치 바짝 마른 모래가 물을 빨아들이듯 적사가 가르치는 거
의 전부를 자기 것으로 만들고 있었다.

그는 생전 처음 접한 학문이 무공 연마만큼 재미있다는 사실을 새롭
게 깨달았다.

그가 적사에게 학문을 청한 이유는 자신이 너무 무식한 것 같다는
단순한 생각에서였다. 그런데 학문이라는 것이 배우면 배울수록 이렇
게 재미있고 깊이가 있는 줄은 정말 몰랐다.

하여튼 그래서 요즘의 현악은 학문이라는 새로운 세계에 깊숙이 심
취해 있었다.

현악이 그렇게 심취했던 학문을 잠시 덮어둘 수밖에 없는 상황이 벌
어졌다.

이틀 전, 평소처럼 연공실에서 운공을 하던 그는 예전에는 한 번도
경험한 적이 없는 괴이한 현상을 느꼈다.

그것은 마치 온몸의 중요 대혈들이 일제히 작은 폭발을 일으키는 것
같은 느낌과 전신 혈맥 속으로 뜨거운 물이 제멋대로 마구 흘러 다니
는 듯한 느낌 두 가지였다.

최초에 그런 현상이 발생했을 때 현악은 운공 중에 소스라치게 놀라
서 하마터면 주화입마에 들 뻔했다.

그는 그 괴이한 현상을 가라앉히려고 자신이 알고 있는 방법들을 시
도해 보았지만, 수그러들기는커녕 오히려 시간이 지날수록 더욱 거세
지기만 했다.

그래서 혹시 이런 게 주화입마가 아닌가 하고 곰곰이 생각해 봤지만 그런 것도 아닌 것 같았다.

그는 한 번도 주화입마에 든 경험은 없었지만, 주화입마라는 것은 최소한 이것보다는 더 극심한 고통이 수반될 것 같다는 생각이 들었던 것이다.

그래서 그가 하는 수 없이 운공을 멈추자 그런 현상은 씻은 듯이 사라져 버렸다.

다시 운공을 하면 또 나타나고 그치면 사라지기를 이틀 동안 수십 차례나 반복했다.

현악은 결국 마지막 남은 방법을 써보기로 했다.

그것은 체내에서 벌어지고 있는 그 현상을 운공으로 다스리려는 것이었다. 그 방법은 자칫 잘못하면 정말 주화입마에 들 수 있는 최후의 방법이기도 했다.

정해진 구결대로 진기를 운행시키지 않으면 진기가 역류하여 돌이킬 수 없는 상황을 초래하게 되는 것이다.

하지만 그 괴이한 현상 때문에 운공도 하지 못하고 멍청하게 앉아 있을 수는 없는 노릇이었다.

마침내 그는 운공을 시작했다.

반 각쯤 지나자 어김없이 그 현상이 나타났다.

그는 조심스럽게 진기를 이리저리 이끌어 보았다. 그렇다고 무작정 이끄는 것이 아니라 아주 조심스럽게 사혈이나 대혈을 피해야만 했다.

자칫 사혈이나 대혈을 잘못 건드렸다가는 그야말로 주화입마에 들어 돌이킬 수 없는 상황에 처할 수 있기 때문이었다.

그러나 괴현상은 멈춰지기는커녕 점점 더 심해졌다. 시간은 이미 반 시진을 넘어서고 있었다.

제대로 된 운공이면 모르되, 잘못된 운공을 반 시진 이상 지속한다는 것은 위험천만한 행위라는 것을 그도 잘 알고 있었지만 이대로 멈출 수는 없었다. 시간은 계속 흘렀고, 여전히 방법은 찾아내지 못했으며, 괴현상은 점점 더 심해졌다.

'결국 안 되는 것인가……?'

불현듯 절망이 엄습했다.

그는 쾌검마가 가르쳐 준 자령신공의 구결 외에는 아는 게 아무것도 없었다. 더구나 쾌검마는 이런 현상에 대해서 일언반구 말도 없었다. 그러나 현악은 그를 원망하거나 의심하지 않았다.

'형도 이런 현상을 겪었을 거야. 그리고 잘 해결했기에 오늘날의 쾌검마가 존재하는 거겠지.'

그는 내심 스스로를 다독거렸다.

'혹시… 진기를 사혈이나 대혈로 유도한다면?'

문득 그는 위험한 생각을 해보았다.

운공조식을 할 때 진기를 사혈이나 대혈 근처에는 절대 접근시키지 않는다는 것은 이제 막 무공에 입문한 초보자들조차도 알고 있는 기초적인 사실이다.

그것은 누가 가르치지 않아도 깨우칠 수 있었다. 진기가 사혈이나 대혈 가까이에 이르면 그 부위에 통증이 느껴지다가 더 가까워지면 견딜 수 없는 통증이 되기 때문이었다.

그러나 현악은 달랐다.

그는 무공을 제대로 배우지 못했다. 그러니 그와 같은 기초적인 지식이 있을 리 없었다. 그러므로 또한 무모할 수도 있는 것이다.

'해보자!'

결국 그는 결정했다. 궁리 끝에 떠올린 방법이 그것뿐이었으므로 어쩔 수 없었다.

그러나 문제는 또 남았다.

진기를 사혈로 먼저 이끄느냐, 아니면 대혈이냐를 결정해야만 하는 것이다.

'대혈이다!'

그는 고민하지 않고 즉시 결정했다.

어떤 계산에 의해서 나온 것이 아니라 사혈은 죽을 '사(死)' 자가 들어 있어서 그냥 싫었고, 대혈은 큰 '대(大)' 자 때문에 마음에 든다는 단순한 이유에서였다.

그는 천천히 진기를 등의 양쪽 어깨죽지의 신당혈(神堂穴)로 이끌었다.

투퉁!

진기가 두 개의 신당혈에 이르는 순간 거센 진동이 터지며 그의 상체가 크게 흔들렸다. 아울러 은은한 통증이 뒤따랐다.

그는 이상하다고 생각되면 즉시 진기를 거둘 만반의 준비를 하고 있었는데, 큰 진동만 일고 약간의 통증만 있을 뿐 별다른 이상은 이어지지 않자 조금 긴장을 풀었다.

그는 조심스럽게 다시 진기를 신당혈보다 약간 아래쪽에 있는 두 개의 격관혈(膈關穴)로 끌어 내렸다.

투퉁!

또다시 약한 진동이 일고 통증이 따랐으나 방금 전처럼 심하지는 않았다. 그런데 더 중요한 것은 그 순간 신기하게도 괴현상이 사라졌다는 사실이었다.

'됐다!'

현악은 속으로 쾌재를 터뜨렸다.

그는 계속해서 진기를 대혈로만 이끌며 온몸으로 일주천시켰다. 드디어 마구 헝클어진 실타래의 끝을 찾아내고 만 것이다.

그의 온몸은 비에 젖은 것처럼 땀투성이가 됐고, 호흡은 점차 가빠졌으며, 온몸이 가늘게 진동했지만 정작 그 자신은 전혀 느끼지 못하고 있었다.

실마리를 찾긴 찾았으나 어찌 된 일인지 온몸의 폭발은 점점 더 거세졌고, 핏줄 속에는 아예 용암이 흐르는 것 같았다.

사실 그가 겪었던 괴현상이라는 것은 자령신공의 총 다섯 단계 중 이 단계에 해당하는 것으로서 반드시 거쳐야만 이 단계로 진입할 수 있었다.

자령신공의 최초 일 단계는 운공할 때 머리의 정수리 위 반 자 높이에 하나의 자색 고리가 떠오르며, 일 단계의 완성인 오십 년 공력이 형성됐을 경우에는 고리가 뚜렷하며 눈부신 자색 광채를 흩뿌린다.

이 단계는 한 개의 자색 고리 위에 또 하나의 고리가 떠오르는데, 성취도에 따라서 위쪽의 고리가 뚜렷하거나 빛을 발하는 것은 일 단계와 같다.

이 단계의 시작은 일 갑자, 즉 육십 년 공력이 형성되는 시기여야만 가능하다. 완성하면 구십 년 공력이 되면서 정수리 위 두 개의 자색 환은 찬란한 빛을 발하게 된다.

삼 단계는 생사현관(生死玄關), 즉 임독양맥이 타통되면서 백 년에서 백이십 년, 즉 이 갑자의 공력으로 증진되며 정수리에 세 개의 환이

뜬다.

사 단계, 마침내 산봉우리에 올라 극을 이룬다는 등봉조극(登峰造極)의 경지에 이른다. 이때부터는 굳이 공력이 얼마라고 측정할 수 없는 어떤 경지에 이르게 된다.

자령신공의 최고 수준인 마지막 오 단계.

오 단계를 완성하면 늙음을 돌이켜서 아이로 돌아간다는 반로환동(返老還童), 혹은 인간의 육신을 지닌 채 승천한다는 우화등선(羽化登仙)의 경지에 도달한다.

누구도 알지 못하는 자령신공의 창시자만이 이룩했던 지고무상의 경지인 것이다.

무림이 시작된 이래 수천 년 동안 우화등선의 경지에 이른 기인은 겨우 다섯 손가락으로 꼽을 정도에 불과했다.

우화등선은 곧 조화경(造化境)을 뜻한다.

바람과 구름을 부르고, 자연을 창조하기도 소멸시키기도 하며, 시간과 공간을 초월하는 절대자를 이름이다.

퍽퍽퍽퍽!!

순간 현악은 괴현상의 폭발과는 전혀 다른, 그러나 더욱 강렬한 폭발을 온몸 중요 대혈 전체에서 동시다발적으로 느꼈다.

너무도 거센 폭발이어서 그는 하마터면 자세를 흐트러뜨리며 정신을 잃을 뻔했다.

폭발은 온몸 곳곳에서 도합 열두 차례에 걸쳐서 일어났다. 그것은 전신에 퍼져 있는 십이대혈(十二大穴)의 타통이었다.

다른 심법들은 십이대혈을 그저 혈도와 경락의 저장고 정도로만 여기지만 자령신공은 달랐다.

무림에 수많은 심법구결들이 토납법(吐納法)을 바탕으로 하여 형성된 내공을 차곡차곡 단전에 쌓아가는 것에 반해, 자령신공은 그 토납법으로 만들어진 내공을 단전은 물론이요, 전신 중요 대혈에도 차곡차곡 비축해 둔다.

이른바 혈맥과 경락을 단련하여 그곳들로부터 내공이 생성되게 하는 신묘한 심법인 것이다.

방금 십이대혈의 폭발로 현악은 비로소 고비를 넘겼다. 그래서 그는 다시 평온을 되찾고 고요히 운공에 몰입해 있었다.

그런 그의 정수리 위에는 두 개의 자색 환이 세 치 간격으로 층층이 떠 있었다.

아래 환은 눈부시게 빛났고 위의 환은 방금 생긴 것으로 아주 흐릿했다.

바야흐로 그의 공력이 일 갑자, 즉 육십 년이 된 것이다.

◆제36장◆
대인(大人)

대인(大人)

　　　"형님! 흑궁녀님이 소생했습니다!"

　느닷없이 채엽이 방문을 거칠게 열면서 엎어질 듯이 달려들어 오며 외쳤다.

　탁자에 둘러앉아서 대화를 나누고 있던 현악과 초곤, 적사, 전굉은 일제히 방문을 쳐다보았다.

　이윽고 활짝 열린 방문 안으로 초조한 표정의 흑궁녀가 천천히 걸어 들어왔다.

　그녀는 거의 죽었다가 살아난 사람답지 않게 혈색도 좋았고 비틀거리지도 않았다.

　그녀는 정신을 차리고서도 열이틀 동안이나 눈도 뜨지 못하고 애를 먹다가 결국 제 스스로 운공조식을 한 연후에야 자리를 털고 일어난 것이다.

물론 그녀의 소생에 현악이 지대한 은혜를 베푼 것은 주지의 사실이었고, 그 사실을 알고 있는 사람은 현악과 흑궁녀 본인, 그리고 적사뿐이었다.

흑궁녀는 걸어오는 동안 현악의 얼굴만을 뚫어지게 응시했다. 그것은 그녀의 무의식적인 행동이었지만, 또한 감출 수 없는 행동이기도 했다.

그녀는 깨어나기 전부터 현악의 얼굴이 가장 보고 싶었다. 그녀가 소생할 수 있었던 원인은 현악이 밤마다 그녀에게 진기를 주입시켰기 때문이다.

하지만 그 고마움과 감격 때문에 절대 죽어서는 안 되겠다는 마음의 굳센 의지가 그녀의 소생에 더 큰 역할을 했다.

흑궁녀는 탁자 근처에서 걸음을 멈춘 후에도 현악의 얼굴에서 시선을 거두지 못했다.

그녀의 눈동자는 술잔에 비친 달 그림자처럼 잔잔하게 일렁였고, 가슴은 늑대의 추격에서 막 벗어난 토끼처럼 콩닥거렸다.

그리고 얼굴에는 화창한 봄날, 꽃이 만발한 언덕의 아지랑이 같은 그리움이 자욱하게 피어나 있었다.

그것은 애정이라든지 사랑 따위로 표현될 수 있는 단순한 감정 같은 것이 아니었다. 그보다 더 지순한, 순수한 마음의 발로였다.

중인은 흑궁녀의 뜻하지 않은 행동에 의아한 표정으로 두 사람의 얼굴을 번갈아 쳐다보았다.

흑궁녀의 감개무량과는 판이하게 현악은 멀뚱한 얼굴로 흑궁녀를 쳐다보았다.

"왜 그러니, 교야? 내 얼굴에 뭐 묻었어?"

"아, 아니에요."

흑궁녀는 적잖이 당황하며 제정신을 차렸다. 그녀는 그제야 사람들이 자신을 주시하고 있는 사실을 깨달았다.

"현 형에게 할 말이라도 있느냐?"

초곤이 약간은 어이없다는 얼굴로 물었다.

초곤의 목소리를 듣는 순간, 한 여자는 어느새 예전의 흑궁녀로 돌아가 있었다.

"아닙니다."

그녀는 부동 자세로 초곤에게 대답했다. 음성도 예의 일말의 감정도 없는 그 음성이었다.

"수고했다. 앉아라."

초곤은 가볍게 고개를 끄덕였다.

자신의 최고 심복이며 그림자인 흑궁녀가 죽음의 문턱에서 소생한 것에 대해서 그는 단지 그 말만으로 치하를 대신했다.

탁자 둘레에는 현악과 초곤, 흑궁녀, 적사, 채엽, 전굉의 순서로 둘러앉아 있었다.

분위기는 무거웠다.

대홍방을 접수하겠다고 떠나기 전에 주가구의 객잔에 모두 모였던 그 이후로 처음으로 다시 모였다.

그때와 달라진 게 있다면, 대홍방을 접수했다는 것과 전굉이 합류했다는 사실이었다.

가장 긴장하고 있는 사람은 누가 뭐래도 전굉이었다.

이 조직의 일원으로 가장 나중에 합류했으며 같은 배를 타고 있기는 하지만, 그는 다른 네 사람처럼 서로 흉금을 털어놓는 사이가 아니었다.

"다음 목표는 역시 수룡채입니까?"

처음 입을 연 사람은 이 조직의 두뇌인 적사였다. 그렇게 말하면서 그의 시선은 초곤에게 향해 있었다.

적사는 몇 달 전부터 갑자기 초곤과 현악, 두 명의 윗사람을 모시게 되었지만, 그는 처음부터 초곤의 수하였으니 그가 이러는 것은 자연스러운 행동이었다.

초곤은 현악을 쳐다보았다. 동의를 구하는 것이다.

현악은 묵묵히 고개를 끄덕였다.

그러자 초곤도 현악처럼 고개를 끄덕일 뿐 입은 열지 않았다.

"두 분의 몸은 어떠십니까?"

적사는 이번에는 초곤과 현악을 번갈아 쳐다보았다.

"좋아."

"아주 좋아."

초곤과 현악이 거의 동시에 고개를 끄덕였다. 두 사람의 몸 상태가 최상이라는 뜻이다. 그것은 언제라도 수룡채를 접수하러 출동할 준비가 되어 있다는 뜻이기도 했다.

"출발이 좋습니다."

현악을 형으로 모시지 않았더라면 이 자리에 앉을 자격도 없는 채엽이 헤벌쭉한 얼굴로 제딴에는 슬쩍 분위기를 띄워보려고 말문을 열었다.

그러나 그의 말에 아무도 동조하지 않았다.

채엽은 그대로 가만히 있는 편이 훨씬 좋았을 것을, 뜨악한 제 꼴을 만회해 보겠다고 짐짓 힘있는 어조로 주먹까지 쥐어 보이며 웃었다.

"하하! 대홍방을 그처럼 간단하게 손에 넣었으니, 까짓 수룡채 따위 문제될 것도 없지 않겠습니까?"

그렇게 말할 바에는 웃지나 말지.

그 말에 가장 충격을 받은 사람은 물론, 대홍방주였다가 현악에게 패배하여 수하가 된 전굉이었다.

그러나 그는 표정이 조금도 변하지 않아서 마치 채엽의 말을 듣지 못한 듯했다.

그때 적사가 채엽을 보며 조용히 말했다.

"그 일로 흑궁녀는 거의 죽을 뻔했고 현악님과 초곤님도 중상을 입는 대가를 치르셨으니 결코 간단했다고는 말할 수 없소."

예전에 채엽은 적사의 새카만 수하였으나, 지금은 엄연히 현악의 의형제다.

그러니 적사가 채엽을 함부로 못하는 것은 못된 일가친척이 항렬만 높다는 옛 속담과 다를 바가 없었다.

채엽은 원래 도를 무기로 사용했기에, 요즘은 초곤의 흑사도풍류를 연마하고 있는 중이었다.

초곤이 역천도법을 아끼는 게 아니라 채엽의 능력이 역천도법을 익히는 데 따라가질 못했다.

그래도 채엽은 지난 한 달 동안 열성적으로 흑사도풍류를 연마해서 자신이 꽤 고강해졌다고 여기는 중이었다.

적사의 말투는 담담하고 표정은 잔잔했지만, 누가 듣더라도 그의 말은 채엽을 꾸짖는 것이었다.

"이제 시작이다."

문득 현악이 나직이 입을 열었다.

그러자 모두의 시선이 현악에게 집중됐다.

현악은 정면을 응시하며 조용히 중얼거렸다.

"우리는 목적지까지 천삼백육십오 걸음을 걸어야 하는데, 이제 막 첫걸음을 떼어놓은 셈이지."

적사의 조사에 의하면, 하남 무림에는 모두 천삼백육십오 개라는 어마어마한 방파와 문파들이 우글거리고 있다.

그러므로 현악의 말인즉, 그 가운데 대흥방 하나를 접수했으니 첫걸음을 떼었다고 한 것이다.

"따라오지 못하면 누구든 버리고 간다."

현악의 얼굴에 엄숙함이 가득 떠올랐다. 중인들로서는 한 번도 본 적이 없는 현악의 모습이며 음성이었다.

그런 말을 하고 난 현악은 문득, 적사가 말했던 마차와 마부의 비유가 생각났다.

초곤은 뜻밖인 듯한 얼굴로 현악을 쳐다보았다. 그가 알고 있는 현악은 내키는 대로 행동하고, 거침없으며 직선적이었다. 한마디로 천둥벌거숭이였다.

그런데 지금 현악의 말은 평소의 그와는 판이했다.

현악의 말은 엄숙함에서 비장함으로 변했다.

"내가 따라가지 못한다면, 여러분은 나를 버리도록!"

좌중의 분위기는 현악의 그 말 한마디에 더할 수 없이 숙연한 분위기로 변하였다.

그 말은 비장하기도 했지만, 항거하기 어려운 대단한 결속력을 내포하고 있었다.

꼭 내가 아니더라도, 이들 중 그 누구라도 천하제패의 야망을 이룰 수만 있다면 나 자신은 기꺼이 희생해도 좋다는 결연한 의지의 표현이었다.

초곤은 적사를 쳐다보았다. 그는 현악이 적사에게 학문을 배우고 있다는 사실을 알고 있었다.

적사는 초곤에게 보일 듯 말 듯 고개를 끄덕였다.

그 끄덕임은 초곤의 무언의 질문에 대하여, 현악이 학문을 배우고 나서부터 인격적으로 진짜 대장부다움으로도 급속히 성장하고 있다는 적사의 대답이었다.

사실 학문을 가르치고 있는 적사 자신도 방금 현악의 말과 표정에 적잖이 놀라고 있었다.

현악은 무섭도록 빠르게 변하고 있었다.

아니, 발전하고 있었다.

그에게서는 더 이상 칠팔 개월 전의 백정의 모습이나, 어쩌면 천박하게 보일 수도 있는 언행 따윈 보이지 않았다.

자령신공과 섬쾌검식은 그를 일류고수로 만들었고, 학문은 그를 대인(大人) 혹은 야망자(野望者)로 만들어가고 있는 중이었다.

적사는 현악을 보며 적이 놀랐다가, 그 다음에는 감탄했고, 마지막으로 여리게 가슴이 떨렸다.

어쩌면 자신이 정말 천하를 제패할 거목을 키우고 있는 것인지도 모른다는 생각이 불현듯 들었기 때문이다.

"그럼 지금부터 수룡채에 대해서 자세히 설명해 드리겠습니다."

적사는 이마를 쓸어 올리며 차분하게 입을 열었다.

그는 하늘이 무너진다고 해도 결코 당황하거나 우왕좌왕할 사람이 아니다.

그러나 그에 대해서 잘 알고 있는 흑궁녀는 그가 지금 적잖이 긴장하고 있음을 짐작하고 있었다.

적사는 긴장하면 흘러내리지도 않은 머리카락 때문에 자주 이마를 쓸어 올리는 버릇이 있었다.

적사는 지난 한 달여 동안 수룡채에 대해서 면밀하게 조사하고 분석하며 검토했다.

그리고 수룡채 공략 계획을 세웠다가 없애고, 또 세웠다가 없애기를 수십 번이나 반복했다.

여섯 사람은 밤이 이슥하도록 자리를 뜨지 않았다.

그리고 출동은 사흘 후로 결정됐다.

"돈 좀 주게."

현악의 느닷없는 말에 적사는 조금도 놀라지 않았다.

"얼마나 드릴까요?"

"알아서 줘."

적사는 어디에 쓸 것인지 묻지도 않고 은자 천 냥짜리 전표를 공손히 내밀었다.

"돈 달라니까 웬 종잇조각이야?"

생전 전표 같은 것을 볼 기회가 없었던 현악은 미간을 좁히며 투덜거렸다.

그 모습은 지난밤에 자못 엄숙함과 비장함으로 좌중을 압도하던 것과는 딴판이었다.

"낙양에서도 가장 신용있는 금룡전장(金龍錢場)의 전표입니다. 이걸 가져가면 어디서든 은자 천 냥으로 바꿔줄 것입니다."

적사의 자세한 설명에도 현악은 손을 내저었다.

"귀찮아. 그냥 돈으로 줘."

풍사단을 해체하면서 풍사단 휘하 고수들에게 넉넉하게 돈을 나누어 주고도 남은 오만 냥 정도의 은자를 가져왔고, 대홍방에 이십만 냥 정도의 은자와 패물들이 쌓여 있었다.

적사는 수하를 시켜서 즉시 은전 천 개가 가득 담긴 검은 철궤를 가져오게 했다.

현악은 철궤를 열고 한주먹의 은전만을 집어 품속에 넣고는 휘적휘적 대전을 걸어 나갔다.

그는 원래 전표 따윌 신용하지 않는다. 그보다는 배부르고 주머니가 두둑한 걸 더 믿었다.

적사는 눈으로 현악을 좇다가 가볍게 표정이 변했다.

현악의 어깨에 그가 늘 분신처럼 메고 다니는 혈인검이 보이지 않았기 때문이다.

'어디를 가시기에…….'

적사는 즉시 흑궁녀를 불렀다.

주가구는 하류가 회하와 합류하는 영하라는 큰 강의 중류께에 위치해 있는 마을인데, 읍(邑) 단위면서도 현(縣)의 중심가만큼 번성을 누리고 있었다.

물론 현만큼 넓은 지역은 아니었다.

강을 면한 좁은 지역에 수많은 건물들이 처마를 맞대고 대로 양편에 빼곡하게 들어차 있었고, 대로 양쪽으로는 거미줄 같은 셀 수 없이 많은 소로들이 산지사방으로 뚫려 있어서 잘못 들어섰다가는 길을 잃기

십상이었다.

후루룩!
"어때요?"
현악이 계탕면의 첫 젓가락을 입에 떠 넣자마자 옆에 바짝 붙어 앉아 두 손으로 턱을 괴고 있던 여섯 살짜리 어린 계집아이 소영(小瑛)이 그를 빤히 바라보며 물었다.
소영의 어린 두 눈에는 기대와 초조감이 가득했다.
그러나 현악은 대답하지 않고 서둘러 계탕면(鷄湯麵)에 두 번째 젓가락질을 했다.
그러자 소영의 얼굴에는 기대감이 씻은 듯이 사라지면서 초조감만 가득 남았다.
"맛… 이 없어요?"
목소리는 방금 전과는 달리 한껏 풀이 죽었다.
그래도 현악은 대답하지 않았다.
그 대신 계탕면 그릇을 한 손으로 들어 올려 입에 대고는 다른 손의 젓가락으로 국수와 건더기, 국물을 한꺼번에 게 눈 감추듯이 입 안에 쓸어 넣었다.
후루룩! 후룩!
탁!
현악은 순식간에 계탕면 한 그릇을 비우고는 빈 그릇을 내려놓으며 한바탕 트림을 해댔다.
"꺼억!"
소영은 이제 너무 긴장해서 턱을 받치고 있던 손도 풀고 허리를 곧

추세운 채 현악만 물끄러미 바라보았다.

한쪽에서 소영의 엄마와 열 살짜리 오빠가 나란히 서서 초조한 표정으로 현악을 지켜보고 있었다. 그런 모자의 모습은 마치 시험을 보고 결과를 기다리는 것 같았다.

이윽고 현악은 소영의 엄마를 향해 두 팔을 벌려 보이며 의아한 표정을 가득 지었다.

"아니, 여태 뭘 하고 있소? 가게 문도 열지 않고!"

"……."

삼십대 중반인 나이인데도 지금껏 죽도록 고생만 해서 오십대로 보이는 소영의 엄마는 현악의 말에 어리둥절한 표정을 지었다.

탕탕!

현악은 손바닥으로 탁자를 가볍게 두드리며 껄껄 웃었다.

"하하! 나는 이렇게 맛있는 계탕면은 처음 먹어보오! 여기 한 그릇 더 주고, 어서 가게 문을 여시오!"

"아아……!"

엄마와 소년은 너무나 기쁜 표정으로 눈물까지 글썽였다.

"꺄악! 고마워요, 아저씨!"

조마조마하고 있던 소영이 두 팔로 현악의 목을 끌어안으면서 소리쳤다.

"허헛! 이 녀석아! 열여덟 살 먹은 아저씨를 봤느냐? 이제부터는 오빠라고 불러라!"

현악은 소영을 안고 엉덩이를 두드리며 흡족하게 웃었다.

"헤헷! 그럼, 악 오빠라고 부를게! 악 오빠, 악 오빠!"

소영은 현악에게 뺨을 부비며 종달새처럼 재잘거렸다.

그때 엄마와 오빠가 나란히 현악을 향해 바닥에 무릎을 꿇고는 큰절을 올렸다.

"고맙습니다. 비렁뱅이인 저희에게 이처럼 큰 은혜를 베풀어주셨으니… 삼생을 살아도 갚지 못할 것입니다!"

지난번, 현악은 적사 몰래 주가구를 이리저리 돌아다니다가 외곽의 다리 밑 거지촌에서 거의 굶어 죽기 직전에 놓여 있던 이들 가족을 발견했다.

그는 이들에게 따뜻한 죽을 사다가 먹이고는 읍내를 면밀히 살피다가, 마침 매물로 나온 허름한 가게 하나를 구입하여 계탕면 가게를 해보라고 권했다.

물론 읍내에서 솜씨 좋기로 유명한 주루의 주방장에게 돈을 주어 소영의 엄마에게 계탕면 만드는 법을 가르치게 했다.

그 결과, 오늘 읍내에서도 목 좋은 이곳에 비록 작으나마 계탕면 집을 개업할 수 있게 된 것이다.

현악이 이 가게를 구입하는 데 쓴 돈은 몇 달 전에 그가 안택현 혜수 강변에서 죽인 무림고수들의 호주머니를 털어 모아둔 돈이었다.

묵혈쌍검을 노리다가 허무하게 죽은 자들의 푼돈이 모여 굶어 죽어가던 한 가족을 살려낸 것이었다.

소영의 엄마는 며칠 동안 계탕면 만드는 방법을 열심히 배워서 오늘 개업을 하기에 앞서 현악에게 시식하게 하였던 것이다.

마치 현악이 맛있다고 해야지만 가게 문을 열 수 있다는 듯한 분위기였다.

"어서 일어나시오! 이러면 안 되오!"

현악은 급히 모자를 일으키고 나서 은근히 독촉했다.

"흠! 아까 주문한 계탕면은 대체 언제 나오는 것이오? 이렇게 늦어서야 어디 장사를 제대로 하겠소?"

"어멋?"

소영의 엄마는 화들짝 놀라서 주방으로 달려들어 갔다.

잠시 후, 현악은 계탕면 한 그릇을 더 깨끗이 비우고는 배를 쓰다듬으면서 가게에서 나왔다.

그가 나오면서 힐끗 돌아보니 가게에는 꽤 많은 손님들이 계탕면을 먹으면서 연신 맛있다고 엄지손가락을 치켜세우고 있었다.

복잡하기 짝이 없는 읍내 대로를 사람들에게 거의 떠밀리다시피 하며 걷고 있는 현악은 아주 기분이 좋았다.

그는 자신이 나중에 훌륭한 사람이 되면 가난하고 불행한 사람들을 성심껏 돕겠다는 생각을 어릴 때부터 지니고 있었다.

그렇다고 그가 자신이 지금 훌륭한 사람이 됐다고 생각하는 것은 아니었다.

또한 자기 한 사람이 천하의 가난한 사람들을 모두 구제할 수는 없을 것이라고도 생각하고 있었다.

원래 가난은 나라에서도 어쩌지 못한다고 하지 않았는가.

하지만 현악은 자신에게 약간의 여유라도 생기면 언제든지 그것으로 자기보다 못한 사람들을 돕고 싶었다.

어쩌면 그것은 자신이 천민이었으며, 가장 밑바닥 생활을 겪어봤기에 가능한 일일 것이다.

주가구는 안택현에서 가장 번화한 현 내 한복판보다 훨씬 더 번화하고 복잡했다.

안택현 외에는 가본 적이 없는 현악은 며칠 전에 주가구 곳곳을 돌아다녀 보았다.

주가구 읍내는 수많은 점포와 좋은 옷을 입은 사람들, 장사치들로 넘쳐 났다.

겉으로는 주가구의 모든 사람들이 아무 걱정 없이 잘 먹고 잘사는 것처럼 보였다.

그러나 읍내에서 조금만 외곽으로 벗어나면 부자들의 그늘에 가려진 채 가난과 병으로 찌들고 죽어가는 주가구의 시커먼 속살이 고스란히 드러났다.

그들은 거지 패거리와 부랑자들과 병자나 노약자들이었다. 하루에 한 끼, 그것도 곡식보다 풀 따위가 더 많이 들어간 멀건 죽이라도 먹을 수 있으면 그나마 다행이라고 여기는, 최하층보다 더 밑바닥의 소외된 사람들이었다.

안택현은 주가구보다 훨씬 초라하고 덜 번화하지만 거지들은 그다지 많지 않은 편이었다.

현악은 그 광경을 보고 한 가지를 깨달았다.

부자가 많을수록, 더 번성한 지역일수록 가난하거나 버림받은 사람들이 더 많다는 사실이었다.

퍽퍽퍽!

"이 어린 개새끼야!"

그때 멀지 않은 곳에서 들려온 소리가 상념에 잠겨서 걷던 현악을 일깨웠다.

그가 걸음을 멈추고 쳐다보니, 어느 만두 가게 앞 땅바닥에 쓰러져 있는 열두세 살쯤 된 소년을 주인으로 보이는 사내가 발로 짓밟으면서 욕설을 퍼붓고 있었다.

퍽퍽퍽!

"이 새끼야! 벌써 몇 번째냐, 엉? 한 번만 더 만두를 훔치다가 걸리면 아예 밟아 죽이겠다고 경고했지!"

깡마른 소년에 비해서 덩치가 서너 배는 더 커 보이는 뚱뚱한 중년 사내는 소년의 허리통만한 발로 인정사정없이 짓밟으며 악다구니를 썼다.

누가 봐도 영락없이 상거지꼴인 소년은 무차별적인 짓밟힘을 당하면서도 양손에 꼭 쥐고 있는 만두는 절대 놓지 않았다.

게다가 맞는 것에 이골이 났는지, 아니면 지독한 독종인지 소년은 신음 소리조차 흘리지 않았다.

퍽퍽퍽!

"너 같은 거지 새끼는 죽는 게 낫다! 죽어라! 죽엇!"

정말 이 거리에서는 거지 소년이 만두 하나 훔치다가 걸려서 매를 맞아 죽어도 누구 한 명 뭐랄 사람이 없었다. 관아에서조차 신경 쓰지 않는데 어느 누가 나서겠는가.

주인 사내가 정말 죽일 듯이 소년을 짓밟는 데에도 행인들은 힐끗 쳐다보기만 할 뿐 아무도 말리려 들지 않았다.

그대로 내버려 둔다면 소년은 죽지는 않아도 반병신이 될 것만 같았다.

"그만 하게."

그때 지켜보고 있던 현악이 주인 사내의 옆에 서서 조용히 말했다.

퍽퍽퍽!

"괜히 남의 일에 끼어들지 말고 가던 길이나 가슈!"

주인 사내는 쳐다보지도 않고 짓밟는 일에만 열중했다. 희한하게도 매질이라는 것은 가할수록 점차 이성을 잃게 만든다.

지금 주인 사내가 바로 그런 경우였다. 매질에 열중하던 그는 어느덧 자신이 왜 매질을 하고 있는지조차도 망각한 채 자신의 발끝에 여린 몸뚱이의 꿈틀거림이 전해질 때마다 묘한 희열만을 즐기고 있을 뿐이었다.

턱!

현악은 사내의 뒷덜미를 잡고 가볍게 들어 올렸다.

"억!"

덩치가 현악보다 한 배 반은 더 큰 사내는 허공에 뜬 상태에서 두 발을 동동거리며 그제야 겁먹은 얼굴이 됐다.

"으으… 요, 용서하십시오… 살려주십시오!"

그는 자기가 뭘 잘못했는지도 모르고 그저 빌었다. 본능이었다.

약자는 강자에게, 그 강자는 그보다 더 강자에게 꼼짝하지 못하는 것은 사람 사는 곳이면 안택현이든 주가구든 같았다.

"저 아이에게 만두를 싸주시오."

현악은 사내를 내려놓고 은자 한 냥을 손가락으로 툭 튕겼다.

사내는 은자를 받고 잠시 멀뚱거리며 잠시 서 있더니, 곧 제정신을 차리고는 좌판에 펼쳐 놓은 뜨거운 만두 거의 전부를 커다란 종이에 겹겹이 쌌다.

"갖고 가거라."

현악은 소년을 일으키면서 부드럽게 말했다.

탁!

그러나 소년은 냉정할 정도로 거칠게 현악의 손을 뿌리쳤다. 뜻밖의 반응이었다.

소년의 두 손에는 여전히 두 개의 만두가 흙이 묻고 터진 채 쥐어져 있었다.

"저걸 왜 나한테 주는 거지?"

소년은 만두를 싼 커다란 종이 뭉치를 힐끗 보더니 현악을 흰자위가 가득한 눈으로 흘기면서 볼멘 얼굴로 내뱉었다.

현악은 일순 대답할 말을 찾지 못했다.

소년의 눈빛이 날카로워졌다.

"난 거지가 아냐! 함부로 동정하지 말라고!"

현악은 그 눈빛이 살아 있는 것을 느꼈다.

그는 조용히 입을 열었다.

"그럼 도둑이냐?"

"……."

이번에는 소년이 대답을 못했다.

그는 마른 체구에 더벅머리였는데, 이목구비가 반듯했고 손과 발이 꽤 긴 편이었다.

휙!

"도둑은 아니지만 거지는 더욱 아냐!"

소년은 두 손에 쥐고 있던 만두를 좌판을 향해 집어 던지고는 몸을 돌려 쏜살같이 달아났다.

"저 버르장머리없는 자식!"

주인 사내가 현악 대신 펄펄 뛰며 행인들 사이로 멀어지는 소년을 향해 욕을 퍼부었다.

◈제37장◈

사나이는 사나이를 알아본다

사나이는 사나이를 알아본다

대개의 빈민촌이 그렇듯이 소년이 찾아든
빈민촌 역시 하나같이 거적으로 누덕누덕 이어서 만든, 땅바닥에 붙은
듯한 게딱지 같은 움막이었다.

그런 움막 안에 방이 따로 있을 리 만무했다. 소년의 병든 아버지는
구석에 눈을 감고 누워 있었다.

자는 것인가? 아니면 여느 때처럼 혼절해 있는 것일 게다.

그리고 두 동생은 지나친 허기 때문에 움직일 힘도 없는지 바닥에
늘어지듯 누워 있었다.

"형아!"

"오빠……."

소년이 들어서자 칠팔 세가량의 남자 아이와 열 살가량의 여자 아이
가 힘겹게 몸을 일으켰다.

두 아이의 시선은 약속이나 한 듯이 소년의 손으로 향했다.

그러나 소년의 손에 아무것도 없는 것을 확인한 후 다시 쓰러지듯이 바닥에 누워버렸다.

소년이 두 손에 꼭 쥐고 있던 터지고 흙에 묻은 만두는 동생들에게 먹이려 했던 것이다.

소년은 암울한 눈빛으로 동생들을 응시하다가 구석의 아버지에게 다가가 그 옆에 공손히 무릎을 꿇었다.

"다녀왔습니다, 아버님."

깍듯한 말투였다.

"응… 왔느냐?"

부친은 어디가 얼마나 아픈지 아들을 돌아보려고 애쓰지만, 그마저도 힘에 겨운 듯 이내 포기한다. 눈조차 뜨지 못하는 얼굴에는 까칠한 수염이 덥수룩했다.

소년이 고개를 숙이며 말한 목소리에는 힘이 없었다.

"일자리를 얻지 못했어요."

"그럴 게다. 누가 어린 너에게 일자리를 주겠느냐……."

부친의 음성에는 안쓰러움이 가득했다.

"죄송합니다."

"죄송할 것 없다……."

사실 부친의 지금 이런 모습은 그가 얼마 전까지만 해도 제법 잘 나가는 주가구 인근 어느 방파의 무사였다는 사실을 무색하게 만들었다.

녹봉은 한 달에 은자 다섯 냥. 떵떵거리지는 못해도 별 부족함없이 여섯 식구가 오순도순 살 수 있는 금액이었다.

그런데 부친이 적대 방파와의 싸움 중에 큰 부상을 당하는 일이 발생했다.

　대부분의 방파나 문파들은 자파에서 부상자가 생길 경우 완쾌될 때까지 녹봉은 물론이고, 치료도 책임지기 마련이었다. 그러는 것이 소속 무사에 대한 예우였다. 게다가 때로는 부상의 경위를 따져서 상을 내리기도 한다.

　그런데 부친이 속한 방파에선 쓸모없어진 부친을 가차없이 방출해 버렸다.

　말 그대로 부친은 토사구팽의 신세가 돼버린 것이다.

　부상당해서 운신조차 못하는 가장. 수입은 끊어졌고, 치료비가 생활비보다 더 많이 지출되니 번듯한 집 하나마저 송두리째 말아먹는 것은 시간문제였다.

　이제 이들 가족은 부친의 치료비는 고사하고, 여섯 식구 입에 풀칠조차 못하는 참담한 형편으로 전락해 버렸다.

　"아버님 치료를 해야 할 텐데……."

　소년은 오히려 부친을 걱정했다.

　"허허… 나는 괜찮다……."

　눈을 감은 채 힘없이 웃는 부친을 소년은 조금 전보다 더 안쓰럽게 굽어보았다.

　저 웃음이 예전처럼 온 집안을 찌렁찌렁 울리는 호방한 웃음으로 변할 날이 언제나 다시 올까.

　소년은 눈물이 솟구치는 것을 동생들에게 보이지 않으려고 괜히 눈을 껌뻑거리다가 고개를 숙였다.

　슥―

　그때 움막의 입구를 가리고 있는 거적이 걷히며 삼십대 여인과 십사

오 세가량의 소녀가 들어섰다.

움막 안에 있던 모든 사람들의 시선이 두 여자에게 집중됐다.

두 여자의 행색 역시 거지나 다름없는 몰골이었다.

그녀들의 손은 소년처럼 빈손이었고, 거의 쓰러질 듯이 기진맥진한 모습이었다.

혹시나 싶어서 일어났던 어린 두 동생은 두 여자의 손을 확인하고 나서 다시 드러누웠고, 두 여자는 비틀거리면서 병든 남편과 아버지에게 다가왔다.

"구걸은 절대 안 된다! 도둑질은 더욱!"

거의 다 죽어가면서도 부친은 가족들에게 그것만은 절대 지키도록 했다.

하지만 이들 모녀는 그 말을 어기면서까지 가족들이 먹을 음식을 구하기 위해 구걸도 해보았다.

그러나 그 역시 쉬운 일이 아니었다.

어딜 가나 거지들의 구역이라는 것이 있어서 그나마 구걸했던 것을 죄다 뺏기는 것은 물론이고, 까딱 잘못하다가는 험한 꼴을 당할 수도 있었다.

오늘도 모녀는 행여나 하는 마음으로 주가구 번화가에 구걸을 나갔다가, 역시나 그 구역 거지 패에게 봉변을 당하기 직전에 간신히 도망쳐 오는 길이었다.

부친 옆에는 모친과 소년과 소녀가 둘러앉아 있는데 아무도 입을 여는 사람이 없었다.

그때 갑자기 소녀가 옆으로 스르르 쓰러졌다.

"누나!"

"련아!"

소년과 모친이 동시에 외치며 소녀를 부축했다.

"난… 괜찮아요, 어머니."

소녀는 자기 때문에 가족들이 걱정할까 봐 일어나려고 기를 썼지만 뜻대로 되지 않았다.

그나마 풀죽이라도 입 안에 넣어본 것이 사흘 전이었으므로 힘을 쓰기는커녕 제 한 몸 지탱할 힘조차 없어서 쓰러지는 것은 당연한 일이었다.

게다가 소녀는 원래 지병이 있는지 얼굴이나 드러난 두 손이 핏기 하나 없이 창백했으며, 혹 불기만 해도 숨이 끊어지고 말 것처럼 애처로운 모습이었다.

슥—

현악이 움막 안으로 불쑥 들어선 것은 그때였다.

"실례하겠소."

"당신!"

일가족의 시선이 일제히 현악의 한 몸에 집중된 다음 순간, 소년의 날카로운 음성이 터졌다.

"여긴 뭐 하러 왔지?"

소년은 일어서서 제법 호기로운 자세로 눈에서 불을 뿜어내며 현악을 쏘아보았다.

소년은 현악에게서 대답이 없자 앞으로 바짝 다가서며 제법 호기롭게 일침을 박았다.

"경고하겠는데, 날 더 이상 모욕하면 가만두지 않겠어!"

"명아……."

부친이 힘없이 중얼거리자 소년, 명아는 즉시 부친 옆에 무릎을 꿇었다.

"네, 아버님."

"그게… 무슨 버릇이냐, 어른에게. 어서 용서를 빌어라……."

"……."

소년은 입술을 깨물며 가늘게 몸을 떨었다.

부친은 제대로 된 사람이었다. 그는 자신이 비록 변두리 방파의 하급 무사의 신분이었지만, 무인(武人)으로서의 긍지 하나로 이날까지 살아온 사람이었다.

"용서하십시오."

뜻밖에도 소년은 그 즉시 현악 앞에 무릎을 꿇고 깊숙이 고개를 조아렸다.

그러나 가라앉은 목소리에는 은은한 불복이 깔려 있었다.

"용서 못하겠다면?"

키가 육 척 두 치에 이르는 큰 키인 현악에겐 움막의 천장은 턱없이 낮았다. 그는 소년의 앞 방바닥에 턱 버티고 앉아서 나직이 말했다.

그러자 소년이 고개를 들고 현악을 쳐다보았다. 예의 만두집 앞에서 보았던 쏘는 듯이 날카로운 눈빛이었고, 역시 펄펄 살아 있는 눈빛이었다.

현악은 소년을 처음 접했을 때 그의 눈빛을 보고 안택현 변두리에서 푸줏간을 하던 어떤 소년의 눈빛을 기억해 냈다.

세상에 대해서, 자신의 삶에 대해서까지 지독한 한을 품고 있던 소년, 바로 자신이었다.

이 소년과 현악의 어린 시절의 눈빛은 기이할 정도로 닮아 있었다.

"무슨 뜻이지?"

소년의 말투는 즉시 하대로 변했다.

"명아……."

부친이 헐떡이며 또 제동을 걸자 소년은 찔끔했다. 그는 효자가 분명했다.

"어떻게 해야 저를 용서하겠습니까?"

소년은 눈빛을 죽이지 않은 채 입으로만 그렇게 말했다.

병석의 부친도, 구걸 나갔다가 빈손으로 돌아온 모친도, 지병과 배고픔에 방금 쓰러졌던 누나도, 힘없이 누워 있던 두 동생도 모두 극도로 긴장하여 현악을 조심스럽게 주시하고 있었다.

현악은 그저 평범한 흑의단삼 차림이었다. 특별히 부자처럼, 무림인처럼 보이지도 않았다.

현악은 누워 있는 부친을 쳐다보았다.

부친은 누운 채 현악을 마주 보고 있었는데, 잠시가 지나도록 한 번도 눈을 깜빡이지 않았다. 누가 보면 두 사람이 마치 눈싸움을 하는 것 같았다.

부친은 서른다섯 살의 나이로, 병석에 오래 누워 있어서 나이보다 훨씬 늙어 보였다.

두 눈과 양 뺨이 움푹 꺼졌고, 그것 때문에 광대뼈가 튀어나와 아주 강파른 인상을 풍겼다.

구레나룻과 검은 턱수염, 두툼한 입술, 우뚝한 콧날에 매의 눈처럼 깊숙이 가라앉으면서도 예리한 눈빛.

현악은 소년이 외모뿐 아니라 성품도 부친을 닮았다는 것을 알게 됐다.

"자넨 무사였나?"

거침없는 하대.

부친은 이미 현악이 움막 안으로 들어서는 순간 그의 범상치 않은 기도를 감지하였다.

사나이는 사나이를 알아본다.

"그렇소."

"어딜 다쳤지?"

"등과 허리에 자상을 입었소."

"썩고 있군."

"……."

상처가 곪아 썩는 냄새가 움막 안에 진동하고 있었기 때문에 누구라도 토악질이 솟구칠 지경이었지만, 현악은 인상조차 찌푸리지 않고 있었다.

"자넬 거두겠다."

"……."

현악의 난데없는 말에 일가족 모두의 눈이 커졌다. 그중에서도 부친의 눈이 가장 크게 떠졌다.

"음! 보다시피… 불초는 회생하기 어려운 상태… 병자를 데려다가 무엇에 쓰시려오?"

말은 그랬지만, 부친의 말속엔 그가 쓰러지기 전에 지니고 있던 어떤 기개 같은 것이 어느 정도 스며 있다는 사실을 가족들은 즉시 깨닫고 놀라는 표정을 지었다.

현악은 껄껄 웃었다.

"하하! 사내대장부가 그까짓 상처로 엄살인가?"

"……."

부친은 얼굴을 붉혔다.

부끄러웠다.

무인이란 죽기 전에는 결코 등을 바닥에 대서는 안 되는 것이라 알고 있는데, 그는 부상을 입었다고 벌써 반년이나 방바닥에 누워 있었다.

"보겠는가?"

현악은 조용히 말하고는 거침없이 자신의 상의를 훌렁 벗었다. 그러자 가족은 모두 경악했다.

현악의 벗은 상체는 근육질로 멋지게 발달되어 있었다.

그러나 가족들이 경악한 이유는 그것 때문이 아니었다.

보라, 상체에 가득이 들어찬 수많은 흉터들을. 그것들은 그저 긁히거나 찢어진 상처가 아니었다.

상처를 입었을 당시에는 그 하나하나가 목숨을 위협할 정도로 극심한 상처였음을 무인이었던 부친은 물론이고, 보통 사람인 가족들마저 한눈에 알 수 있을 정도였다.

좀 과장하자면, 그 넓은 상체에 흉터를 피해서 바늘 하나 제대로 꽂을 만한 빈틈을 찾아내기가 어려울 정도였다.

"자넬 거두겠다."

말이 필요없었다. 현악이 조금 전에 했던 말을 다시 한 번 중얼거렸다.

그리고 가족들은 반년 넘게 병석에 누워서 대소변을 받아내야만 했던 부친의 얼굴 가득 격동이 스치는 것을 발견했다.

"핫핫핫핫핫—!"

순간 부친이 느닷없이 웃음을 터뜨렸다.

다시는 들을 수 없을 것이라고 여겼던 예전의 그 호호탕탕한 웃음소리였다.

그리고는 기적이 일어났다.

미음조차도 떠 먹여야 했고, 숨 쉬는 것조차도 힘겨워하던 부친이 성큼 일어났다.

"아버님!"

"여보!"

가족들이 놀라서 외치는 소리를 부친은 듣지 못했다.

그는 자신의 운명을, 무인으로서는 끝이라고 여겼던 자신에게 다시 한 번 찾아와 준 거대한 운명을 느끼고 있었다.

부친은 단 한 번의 비틀거림도 없이 현악의 앞으로 걸어가 우뚝 섰다가 그대로 그 자리에 무릎을 꿇고 절을 올렸다.

"속하 강일조(姜一朝)가 주군을 뵈옵니다!"

소년은 잔뜩 굽힌 부친의 등과 옆구리에서 썩은 고름이 옷 사이로 스며 나오는 것을 보았다.

부친 강일조는 허리를 펴고 현악을 쳐다보았다.

두 사내가 마주 앉았다.

진정한 사내들이다.

이들은 신의가 무엇인지, 대장부의 기개가 무엇인지 알고 있는 사내들이다.

"인사드려라. 아비의 주군이시다."

강일조는 시선을 현악의 눈에 고정시킨 채 조용히 입을 열었다.

눈물을 흘리고 있던 소년과 모친과 누나, 그리고 철모르는 두 동생까지도 말없이 공손히 현악에게 절을 올렸다.

슥—

그때 한 사람이 거적을 젖히며 안으로 들어섰다.

적사의 명으로 현악의 뒤를 따르던 흑궁녀였다.

일가족의 시선이 일제히 흑궁녀에게 집중됐다.

온몸을 칠흑 같은 흑의로 감싼 늘씬하면서도 풍만한 몸매, 싸늘한 아름다움을 풍기는 미모, 양어깨에는 흑궁과 검은 화살을 담은 전통을 메고, 허리 뒤에는 한 자루 도를 찬, 그야말로 여걸의 모습이 거기에 있었다.

흑궁녀는 현악에게 공손히 허리를 굽혔다.

"하명하세요."

그녀의 입가에 묘한 미소가 매달리는 것을 발견한 사람은 아무도 없었다.

그 미소는 이렇게 말하고 있었다. '호홋! 제가 적당한 시기에 잘 등장했죠?' 현악은 잠시 어이없다는 표정을 짓다가 가볍게 고개를 끄덕이며 일어섰다.

"이 친구와 그 아들을 데리고 가자."

강일조와 소년이 움찔 몸을 떨었다.

순간 강일조가 급히 소년을 꾸짖었다.

"뭘 하는 게냐? 어서 주군께 절을 올려라!"

소년은 즉시 현악을 향해 이마를 바닥에 댔다. 게다가 그는 아예 한 술 더 떴다.

"제자 강승명(姜承明)이 사부님을 뵈옵니다."

여태 의젓함을 잃지 않았던 현악은 이 순간만큼은 당황할 수밖에 없어서 황급히 두 손을 휘휘 저었다.

"사, 사부는 무슨! 그냥 형이라고 불러라!"

현악은 그 말을 남기고 서둘러 움막을 나갔다. 더 있다가는 무슨 봉변을 당할지 알 수 없는 노릇이었다.

"자! 이제 어쩐다?"

흑궁녀는 두 손을 비볐다. 그녀는 이미 어떻게 할 것인지 결정한 상태였다.

그녀는 소년 강승명을 보며 미소 지었다.

"아까 그 만두 가게 정도면 괜찮겠느냐?"

미소라는 것을 별로 지어본 적이 없는 그녀의 미소는 어색하기 짝이 없었다.

"무슨……."

강승명은 흑궁녀의 말을 금세 이해하지 못했다.

"그 만두 가게를 사주면 너희 가족이 생활하는 데 별 어려움이 없겠느냐는 뜻이다."

흑궁녀는 방금 전보다 조금 더 미소 지었다. 좋은 일을 하는 여자라면 보기 좋은 미소쯤은 지어 보일 줄 알아야 한다고 그녀는 조금 전에 깨달았다.

"만두 가게를……."

강승명은 너무 놀라서 말을 잇지 못했다.

가족들은 그제야 두 사람의 대화를 이해하고는 경악하며 벌린 입을 다물지 못했다.

흑궁녀는 놀라는 강승명에게 은자 한 냥을 내밀었다.

"꼬마야, 너는 지금 나가서 네 아버지가 타고 갈 수레 하나를 빌려

오너라."

강승명은 나가려다가 멈칫거리면서 흑궁녀를 돌아보았다.

"나한테 할 말이 있느냐?"

"저, 저희가 미우세요?"

난데없는 말에 흑궁녀는 눈을 크게 떴다.

"왜 그렇게 생각하는 거지?"

"여협께서 저에게 말씀하시면서 계속 인상을 찌푸리기에……."

"……."

흑궁녀는 바닥이 꺼지는 듯한 충격을 받았다.

다시 말하지만, 그것은 인상 쓰는 게 아니라 명백히 미소를 지어 보인 것이었다.

그것도, 그녀로서는 난생처음 지어보는…….

흑궁녀는 극심한 자가당착에 빠지고 말았다.

*　　　*　　　*

청라가 이 년 만에 다시 와본 낙양은 예전보다 더 크고 변화해진 것 같았다.

그녀는 낙양 성내의 대로 한복판에 잠시 서서 으리으리한 고루거각들을 둘러보다가 다시 걸음을 옮겼다.

시골 사람들이 낙양 같은 대도에 오면 모든 것이 신기하고 으리으리해서 정신없이 구경하는 게 당연했지만, 청라는 전혀 그럴 마음이 아니었다.

그녀가 이번에 하남에 온 데에는 몹시 중대한 이유가 있었다.

비검문의 중원 진출.

바로 그것 때문이었다.

청라 자신이 부친 청대화에게 제안했고, 부친이 오랜 고심 끝에 내린 결정이었다.

쾌검마를 죽여서 비검문의 명성을 날리려는 계획은 수포로 끝났고, 뒤늦게야 묵혈쌍검에 대한 소문을 듣고 아차 싶었지만, 그 역시 이미 강 건너간 일이 돼버렸다.

쾌검마와 추적대, 그리고 수많은 무림고수들이 한바탕 휩쓸고 지나간 안택현은 다시 예전의 고요를 되찾았다.

비검문도 겉으로 보기엔 예전과 다를 바 없는 것 같았다. 하지만 실상은 그렇지 않았다.

비검문에 찾아든 현상은 마치 풍선이 잔뜩 부풀었다가 한순간에 바람이 빠져 버린 것과 같았다.

쾌검마를 죽여서 금방이라도 무림에 비검문은 자신의 명성을 날릴 수 있을 듯했다.

그런데 그것이 물거품이 되자 비검문과 청라는 초상집 같은 분위기에 빠져 버렸다.

특히 청라의 기분은 그야말로 엉망이었다.

쾌검마의 일은 차치해 두고라도, 그녀에겐 또 다른 일이 있었다.

백정 현악과의 풀리지 않고, 풀릴 수도 없는 기묘한 관계가 그것이었다.

사실 그녀에겐 쾌검마의 일보다 현악과의 일이 더 크고 충격적인 사건이었다.

그녀는 이후 하루 종일 두문불출 연공실에만 틀어박혀 있었고, 누구와도 어울리지 않으며 말을 잃어버렸다.

안택현은 물론, 홍동현까지 샅샅이 뒤졌지만, 어디에서도 현악의 모습은 보이지 않았다.

아니, 현악의 여동생은 실종됐고, 그의 사촌인 곽정이라는 어린 대장장이도 홀연히 어디론가 떠났다고 했다.

그래서 그녀에겐 뭔가 돌파구가 필요했다. 한시도 머리 속에서 떠나지 않는 백정 놈과 쾌검마를 지워 버릴 그 어떤 돌파구.

그래서 오랜 고심 끝에 내린 결론이 중원 진출이었다.

청라는 활기찬 걸음으로 오가는 행인들을 애써 미소를 지으면서 바라보았다.

'좋아! 이제부터 시작이야!'

◆제38장◆

욱일승천(旭日昇天)

욱일승천(旭日昇天)

연공실에 하루 종일 틀어박혀 있던 현악이 강일조의 거처에 들른 것은 정말 잘한 일이었다.

현악은 정말 예기치 않게 수룡채에 대한 가장 필요한 정보들을 강일조에게서 들을 수 있었다.

흑궁녀의 배려로 강일조에겐 대홍방 시절 전주급이 사용하던 방이 주어졌다.

꽤 큰 방이 세 개, 그 방들을 모두 합친 것보다 넓은 내실에 간단한 다과와 요리를 준비할 수 있는 주방까지 붙어 있었고, 고급스러운 가구와 필요한 도구들이 망라되어 있었다.

강일조만을 시중드는 하녀도 한 명 따로 배정됐고, 과거 대홍방 소속이었던 의원이 거의 하루 종일 강일조를 치료했다.

강일조는 물론, 그의 장남인 승명도 갑자기 돌변한 자신들의 현실이

도통 꿈만 같았다.

그들은 과거 강일조가 어느 방파의 무사였던 시절에도 누려보지 못했던 호사 덕분에 이틀이 지나도록 정신을 차리지 못하고 있는 중이었다.

승명은 부친 곁에 붙어 있을 필요가 없었다. 전담 의원이 있고, 부친의 수족 같은 아리따운 하녀도 있었으므로.

그래서 거의 이틀 내내 대흥방 곳곳을 구경하고 다녔다. 현악이 승명을 데려왔다는 사실 때문에 어디에서나 제지당하지 않고 무사 통과였다.

승명은 특히 무기고와 연무장에 많은 관심을 보였다.

"몸은 좀 어떤가?"

현악이 강일조가 누워 있는 방으로 불쑥 들어서자 강일조는 반사적으로 벌떡 상체를 일으켰다.

그러고는 침상에서 내려오려는 것을 현악이 급히 만류했다.

"누워 있게."

강일조를 어쩔 줄을 몰라 했다.

"아닙니다. 주군 앞에서 어떻게……."

"내가 와서 환자를 괴롭히는 꼴이 되고 말았군. 그렇다면 앞으로는 오지 않겠네."

그러자 강일조의 대답이 용감하게 터졌다.

"보십시오! 누웠습니다!"

두 사람이 하는 행동을 지켜보고 있던 하녀가 손으로 입을 가리고 쿡쿡 웃었다.

대화는 그렇게 시작됐다.

내일은 현악과 초곤 등이 수룡채를 접수하기 위해서 총출동하는 날이다.

만약 오늘 현악이 강일조를 보러 오지 않았더라면, 어쩌면 현악 일행은 수룡채를 손에 넣지 못했을지도 모른다. 아니면 손에 넣기까지 혹독한 대가를 치르든지.

사실 반년 전까지만 해도 강일조는 수룡채에 소속된 무사였던 것이다.

"수룡채는 주가구에서 십여 리 떨어진 상류의 구룡탄(九龍灘) 강변의 절벽 위에 있습니다."

구룡탄은 말 그대로 강이 아홉 구비를 굽이치며 거칠게 급류로 흐르는 곳이어서 영하를 오르내리는 수많은 배들이 가장 애를 먹는 물길이었다.

강에 익숙한 노련한 사공들도 구룡탄에서는 긴장을 늦추지 못했고, 여차하는 순간 큰 배든 작은 배든 산산조각나 좌초되고 만다. 운을 기대할 수 없는 곳이 바로 구룡탄이었다.

바로 그곳 절벽 위에 영하 일대 삼십칠 수로채의 총채인 수룡채가 버티고 있는 것이었다.

"수룡채 바로 아래 절벽에는 폭 삼 장 넓이의 몹시 좁은 틈이 있습니다. 그 틈 안쪽으로 계곡처럼 이십여 장 정도 이어지다가 작은 호수가되지요. 그곳에 포구가 있고 수룡채로 올라가는 계단이 있는데, 그게 유일한 통로입니다."

그 정도는 적사도 조사한 바 있었다. 그래서 나름대로 쾌속선과 뛰어난 사공도 구해놓은 터였다.

"이십여 장 길이의 계곡 통로 위 양쪽에는 여섯 개의 망루가 있으며, 하루 종일 열 명씩의 수하가 지키고 있습니다. 허가되지 않은 배가 진입하면 망루에서 일제히 불화살을 쏘아대는데, 속수무책입니다."

현악은 강일조의 말을 들을수록 난감했다. 거기까진 적사도 모르고 있었으니 대책을 강구했을 리 만무하다.

문득 강일조는 현악의 표정을 살피면서 조심스럽게 물었다.

"하나 여쭈어도 되겠습니까?"

그는 처음 현악을 봤을 때 그가 범상치 않은 인물이라는 것을 한눈에 간파하였다.

그래서 그가 내미는 손을 서슴없이 잡고 주군으로 섬기기로 하지 않았는가.

그것은 자신의 목숨을 맡긴다는 의미와 다름없었다.

"말해 보게."

"혹시, 수룡채를 치시려는 겁니까?"

"그렇네. 싫은가?"

강일조는 즉시 상체를 일으켜 앉은 자세에서 숙연한 표정을·지으면서 깊숙이 고개를 숙였다.

"절대 아닙니다. 그런 사악한 방파는 사라져야 마땅합니다."

부상을 당한 강일조는 수룡채에게 철저하게 버림받았다. 배신감은 원한보다 더 깊은 것이다.

게다가 그는 수룡채가 저지르는 악행들을 무수히 봐왔기 때문에 평소에도 그런 방파는 천벌을 받아야 한다고 생각해 왔었다.

만약 그를 무인의 길로 이끈 사부나 다름없는 인물이 수룡채 인물이 아니었다면 그는 벌써 수룡채를 떠났을 것이다. 그가 수룡채의 수하로 있는 동안, 수룡채는 그에게 지옥이나 다름없었다.

"너, 지금 가서 다들 불러오너라."

현악은 하녀에게 그들을 데려오라고 시켰다. 이런 얘기는 모두 같이 듣고 대책을 세워야만 했다.

강일조가 설명해 준 정보는 대략 이랬다.

수룡채는 구룡탄 중간에 위치해 있어서 접근하는 것만으로도 어렵다는 것.

수룡채로 진입할 수 있는 유일한 통로인 계곡, 그 위 양쪽의 망루에선 침입하는 배를 향해 불화살 세례를 퍼붓기 때문에 통과하기가 불가능하다는 것.

계곡을 통과했다고 하더라도 안쪽의 아담한 호수 둘레가 오십여 장 높이의 깎아지른 절벽으로 이루어져 있어서 올라가기가 용이하지 않다는 것.

게다가 위쪽에서 수룡채 수하들이 맹공을 퍼부을 경우 독 안에 갇힌 쥐 꼴이 돼버린다는 것.

수룡채는 분류상 녹림에 가까운 집단이라서 강호의 예의나 규칙을 따르지 않는다.

예를 들자면, 수룡채 수하들 전원은 걸핏하면 독(毒)을 사용하는데, 독에 대해서 잘 모르는 무림인들에겐 치명적인 위협이라는 것 등이었다.

강일조의 설명이 끝나자 현악과 초곤 등은 한동안 아무도 입을 열지 않았다.

사람들은 약속이나 한 것처럼 적사를 쳐다보는데, 그는 얼굴을 찌푸린 채 고개를 숙이고 깊은 생각에 잠겨 있었다.

강일조가 그 침묵 위에 수만 근짜리 무게 하나를 더 얹었다.

"녹림은 원래 천하 모든 산에 근거를 두고 있는 천산총채(千山總寨)와 황하를 무대로 하는 황하수로채(黃河水路寨), 장강 본류와 수계(水系)에 퍼져 있는 장강수로채(長江水路寨)의 세 곳이 천하의 녹림을 삼분(三分)하고 있습니다."

적사나 초곤 등은 알고 있는 사실이지만 현악으로서는 처음 듣는 내용이었다.

"장강수로채는 장강수계의 칠십이 개 수로채를 지배하고 있습니다. 이곳의 영하는 회하로 흘러들고, 회하는 장강과 닿아 있으므로 수룡채 역시 장강수로채의 지배를 받아왔습니다. 그런데 오 년 전에 지금의 수룡사왕이 채주가 되면서 장강수로채에서 과감히 탈퇴했습니다."

"무엇 때문이지?"

현악은 강일조의 설명에 깊이 심취해 있다가 물었다.

"상납금 때문입니다. 장강수로채는 휘하에 거느리고 있는 칠십이 수로채로부터 매월 정기적인 상납금을 받는데, 금액은 각 수로채의 규모에 따라 천차만별입니다. 제가 알기로 수룡채는 매월 은자 일만 냥을 상납했습니다."

"많군."

많은 정도가 아니었다.

그럴싸한 장원 한 채 가격이 은자 백 냥에서 삼백 냥 정도이고, 크고 튼튼한 배 한 척이 아무리 비싸야 오백 냥이라는 점을 감안한다면 굉장한 금액이었다.

하지만 현악은 그저 조용히 '많군'이라고만 말했다. 불과 얼마 전의 그였다면 필경 호들갑스러운 반응을 보였을 것인데, 그는 변해도 많이 변해 있었다.

아마도 학문을 수업하며 수양도 함께 쌓은 듯했다.

"수룡채의 수입원은 뭐지?"

"수룡채는 주가구 일대 십여 개의 하오문과 건달 조직, 거지패, 수백 곳의 점포들로부터 상납을 받고 있습니다. 뿐만 아니라 영하를 이용하는 모든 상선과 장사치들로부터도 상납금을 받으며, 주가구에 두 곳의 전장과 세 곳의 도박장을 운영하고 있습니다."

"알부자로군."

적사가 오랜만에 고개를 끄덕이며 입을 열었다.

"그렇기 때문에 더욱 수룡채를 손에 넣어야 합니다."

그는 강일조를 쳐다보았다.

"장강수로채는 탈퇴한 수룡채를 여러 차례 공격했겠군. 그러나 수룡채의 지역적인 위치 때문에 한 번도 성공하지 못했겠고."

"그렇습니다."

"음! 결국 우리도 같은 난관에 봉착했군요."

적사는 낮은 신음을 흘렸다. 장강수로채가 두 손 들었다면 현악 등도 골치 아픈 일일 수밖에 없었다.

초곤은 굳은 얼굴로 누구에게랄 것도 없이 중얼거렸다.

"이제라도 알았으니 낭패를 면할 수 있게 됐군."

적사는 자신의 불찰인 양 고개를 숙였다.

"죄송합니다."

그는 수룡채가 구룡탄의 중간에 있으며, 절벽 아래의 틈새 계곡으로 진입하는 것까지는 알아냈다.

그러나 계곡 안의 양쪽 위에 망루며, 호수의 상황, 수룡채가 독을 즐겨 쓴다는 사실들은 전혀 모르고 있었다.

자칫했으면 수룡채에는 올라가 보지도 못하고 불 공격, 아니면 독공(毒攻)에 몰살당할 뻔한 것이다.

무거운 침묵이 좌중을 찍어 누르고 있었다.

그 여러 가지 난관을 뚫을 수 있는 방법이 누구의 머리에서도 좀처럼 떠올라 주지 않았다.

현악은 창을 보면서 뭔가 골똘히 생각에 잠겨 있었다.

"죄송합니다."

강일조는 상체를 일으켜 앉듯이 누운 자세로 정말 죄스러운 표정을 지었다.

자기 때문에 이들의 계획이 수포로 돌아간 것 같은 기분이 들었기 때문이다.

"무슨 소릴, 오히려 우리가 자네에게 빚을 졌네."

초곤이 빙그레 미소 지으며 강일조를 안심시켰다.

그의 그런 모습도 예전의 흑사신에게서는 찾아볼 수 없던 것이었다. 그는 패도적인 모습에서 부드러운 모습으로 많이 완화되어 있었다.

강일조는 이제야 비로소 자신이 뼈를 묻을 곳을 찾은 듯한 기분이었다.

문득 현악이 창을 보며 나직이 중얼거렸다.

"그런데 말이야."

"말씀하십시오."

누구에게 하는 말인지 몰라서 적사와 강일조가 동시에 고개를 숙이며 대답했다.

"수룡채에는 수룡채 수하들만 출입하는 것은 아니겠지?"

"……!"

그 말에 적사는 번쩍 정신이 들어 눈을 크게 떴다.

강일조가 공손히 아뢰었다.

"수룡채 휘하의 단주(壇主)들만 수시로 드나들 수 있고, 수하들은 정기적인 휴가 때 외에는 함부로 출입하지 못합니다. 다만."

중인들은 그의 다음 말을 기다렸다.

"매월 한차례씩 수룡채가 주가구에서 직영하는 전장과 도박장의 장주들이 전달의 수입금을 입금하러 들어가고, 주가구 일대 각 하오문의 대표들이 상납금을 바치러 갑니다."

적사가 눈을 빛내면서 현악을 쳐다보았다.

"그 방법이 좋겠습니다."

현악이 아직 자신의 생각을 말하기도 전에 적사가 간파했다.

"그렇겠지?"

적사는 현악의 생각을 이어 말했다.

"수룡채가 직영하는 전장이나 도박장보다는 하오문이 나을 것 같은데, 현악님의 생각은 어떠십니까?"

"내 생각도 그래. 전장이나 도박장의 장주들은 아무래도 수룡채 수하들일 테니까."

방법이 있긴 있는 모양인데, 다른 사람들은 두 사람이 무슨 얘기를 하는 것인지 낌새조차 알아채지 못했다.

"하오문도 쉽지는 않을 것입니다. 자칫하면 몰살당할 수도 있으니까 선불리 나서려고 들지 않을 것입니다. 제가 적당한 하오문들을 물색해 보겠습니다."

적사는 말하면서 일어섰다.

현악이 담담히 제지했다.

"멀리서 찾지 말게."

"달리 복안이 계십니까?"

적사는 다시 앉으며 의아한 표정을 지었다.

현악은 의미있는 미소를 지으면서 강일조를 쳐다보았다.

"일조 자네는 수룡채에 있었고, 자네 정도의 인품이라면 하오문 우두머리 두엇쯤은 알고 있겠지?"

적사는 그 말에 뒤통수를 한 대 호되게 얻어맞은 듯한 멍한 표정을 지었다.

'거기까지 생각하시다니……!'

강일조는 놀라듯 의아한 표정을 지었다.

"그걸 어떻게 아셨습니까?"

"하하! 짐작이지."

현악은 담담히 웃었다.

그 웃음소리가 넉넉한 자신감으로 들린 것은 적사 혼자만이 아니었을 것이다.

"주가구의 하오문들은 모조리 수룡채에 상납을 한다고 그랬지? 자넨 수룡채 수하면서도 집이 주가구에 있으니 당연히 하오문 우두머리 한둘하고는 친분이 있을 테고, 게다가 자네 성품이 올곧고 정직하니까 친분이 있는 하오문 우두머리도 비슷한 부류겠지. 이른바 유유상종. 안 그런가?"

"그… 렇습니다만, 제가 올곧고 정직한 성품이시라는 말씀은… 틀리신 것 같습니다."

"내가 그렇다면 그런 거야."

"네……."

현악은 조심스럽게 강일조를 안고 일어서며 흑궁녀에게 명령했다.

"염교, 주가구에 갈 테니 마차를 준비해라."

강일조는 현악에게 안겨서 몸둘 바를 몰라 했지만, 현악은 아랑곳하지 않았다.

뭔가 계획을 진행시키는 것 같은데, 그걸 아는 사람은 현악과 적사뿐이고 나머지는 멀뚱한 얼굴로 서로의 얼굴만 쳐다보았다.

적사는 성큼성큼 문으로 걸어가는 현악의 뒷모습을 보며 적잖이 감탄하는 표정을 지었다.

머리를 쓰는 일이라면 누구에게도 뒤지지 않는다고 자부하던 적사가 현악에게 감탄하고 있는 것이다.

그러나 초곤과 흑궁녀, 채엽, 전굉은 시종 어리둥절한 표정으로 사태를 관망할 수밖에 없었다.

'현악님은 정말 감탄할 수밖에 없는 분이로군!'

적사는 입가에 흐뭇한 미소를 머금었다.

그때 현악이 뒤따라 나오는 초곤을 돌아보며 가볍게 웃었다.

"초 형, 오늘 술 한잔하지 않겠나?"

적사는 부드럽게 미소 지었다.

"저는 가지 않겠습니다."

이것은 현악의 계획이다.

그러므로 자신은 조력만 할 뿐 이번 일은 그에게 일임한다, 라는 것이 적사의 판단이었다.

"당신이 지금 내게 부탁한 일이 만약 실패한다면, 본 문에 딸려 있는 백여 명 수하들과 수백 명의 식솔들 목숨이 끝장난다는 사실을 알고나 있소?"

"물론 알고 있네."

현악은 가볍게 고개를 끄덕였다. 보는 사람에 따라서는 그가 너무 가볍게 대답을 해 그가 하는 긍정이 미덥지 않을 듯도 했다.

커다란 탁자에 몇 가지 요리와 술이 놓여 있었지만, 술을 마시고 있는 사람은 현악과 초곤뿐이었다. 좌중은 긴장됐지만, 두 사람은 편안하다는 뜻이었다.

흑궁녀는 현악과 초곤 뒤쪽에 서 있고, 강일조는 현악 옆에 앉아 있으며, 맞은편에는 방금 전에 현악에게 따지듯이 물은 방강(方康)이 앉아 있었다.

방강은 주가구에 있는 십여 개의 하오문 중에서 두 번째로 규모가 큰 화룡문(火龍門)의 문주였다.

원래 하오문이라는 것은 녹림에도 끼지 못할 정도로 비천한 밑바닥 인생들의 집단이다.

겉으로는 그저 몇 개의 기루와 주루 따위를 번듯하게 운영하는 것처럼 보인다. 하지만 그 속으로 들어가면 온갖 더럽고 추잡하며 저급한 일들을 거의 모두 취급하고 있었다.

좀도둑과 소매치기, 공갈 협잡꾼에 사기꾼, 도박꾼, 인신 매매꾼, 아편 밀매꾼, 밀수꾼, 기녀의 기둥서방과 포주, 뚜쟁이, 거지 패거리의 우두머리들이 모두 하오문이 거느리고 있는 직업 군상들이었다.

하오문에는 두 가지 철칙이 있었다.

돈이 되는 일이라면 무슨 짓이라도 가리지 않고 다 한다는 것과 정보가 있는 곳이라면, 설사 그곳이 황궁이라고 해도 망설이지 않고 파고 들어 간다는 것이었다.

개방(丐幫)이 정파에 속해 있다면 하오문은 사파, 또는 녹림에 속해 있었다.

하오문 자신은 그렇게 생각하지 않지만, 중요한 것은 사람들의 비뚤어진 판단이었다.

하오문이 사파나 녹림의 앞잡이 혹은 개라는.

그런 하오문이 주가구 일대에만 십여 개가 진을 치고 있었고, 화룡문은 그중 하나였다.

방강은 삼십이삼 세가량의 나이에 살집이 넉넉한 약간 통통한 체구를 지녔다.

둥글넓적한 얼굴에 세모꼴의 눈, 뭉툭한 코와 역시 메기처럼 두툼한 입술에 뺨이 불그레하고 목이 짧았으며, 일신에는 비단으로 화복(華服)을 입었다.

누가 보더라도 명망있는 집안의 가장이거나 부호 정도로 볼 터이지 하오문주라고 보지는 않을 겉모습이었다.

방강은 강일조의 의제로, 두 사람은 피를 나눈 형제보다도 더 각별한 사이였다.

현악이 강일조가 데려온 사람이 아니었다면 방강은 결코 만나지 않았을 것이다.

그런데 그가 하는 말이 너무도 어이가 없어서 헛웃음도 나오지 않을 정도였다.

그러나 방강은 내색하지 않았다. 왜냐면 의형 강일조가 시종일관 현악에게 몹시 공손한 것을 지켜봤기 때문이다.

강일조가 비록 녹림인 수룡채의 하급 무사이고 일신에 지닌 무술이라는 것도 보잘것없었지만, 방강은 그의 성품 하나만큼은 세상의 그 누구보다도 존경했다.

"강제, 주군께선 수룡채를 손에 넣으려고 하시네."

"……!"

강일조의 말에 방강은 안색이 확 변했다. 머리에 커다란 구멍을 뚫고 얼음물을 들이부은 것 같은 충격과 함께 잠시 흩뜨려 놓았던 정신을 재빨리 수습했다.

벌떡!

"이 일은 없던 것으로 하겠소!"

그는 튕기듯 일어서며 이를 갈 듯이 내뱉었다.

"강제!"

방강은 돌처럼 굳어버린 얼굴로 강일조를 주시했다.

"형님의 얼굴을 봐서라도 웬만하면 부탁을 들어주려고 했지만, 그런 무모하기 짝이 없는 일이라면 곤란합니다!"

"그런가……?"

강일조는 암담한 표정으로 현악을 쳐다보았다. 자신이 그에게 도움이 못 된다는 사실이 미안했다.

"죄송합니다."

현악은 이상하다는 표정으로 고개를 갸웃거렸다.

"일조, 자네 같은 대붕(大鵬)이 고작 편작(鶣雀: 참새)을 동생으로 두었다니 뜻밖이로군."

물론 대붕은 강일조고 편작은 방강을 가리키는 것이다.

순간 방강의 안색이 홱 변했다.

그는 하오문의 문주답지 않게 일신에 꽤 쓸 만한 무공을 지니고 있었다.

그렇다고 해서 일류고수 정도는 아니지만, 수룡채의 단주급과 일 대 일로 팽팽하게 겨룰 수준은 족히 됐다.

남자는 모욕을 참지 못한다. 특히 방강 같은 강골의 남자는 더욱 그렇다.

현악은 그것까지도 간파했기 때문에 방금 전과 같은 말로 그를 충동질한 것이었다.

방강은 보기 싫게 일그러진 표정으로 눈에서 불꽃을 뿜으며 현악을 쏘아보았다.

반면, 현악은 담담한 표정에 고요한 눈빛으로 방강을 마주 쳐다보았다.

강과 약이다.

물론 강은 방강이고 약은 현악이었다.

그런데 약간의 시간이 흐르자 방강의 얼굴에 적잖이 당황하는 기색이 떠오르더니 강렬한 눈빛이 점차 흔들리기 시작했다.

방강은 마치 자신이 단단한 얼음덩어리이고, 현악이 부드러운 햇살이라는 느낌이 들었다.

얼음덩어리는 햇살에 녹아들고 있었다. 그것은 오래지 않아 물이 돼 버렸다.

이윽고 방강의 눈빛이 점차 사그라지는 것 같더니 평소의 눈빛으로 돌아왔다.

"나는 참새 따위가 아니오."

방강은 다시 자리에 앉더니 나직이 말했다. 그것으로 그는 기 싸움에서 현악에게 패했다.

이제부터는 대화가 조금쯤은 더 쉬워질 것이다.

초곤은 새삼스러운 표정으로 현악을 쳐다보았다.

그는 요즘 현악이 몰라볼 정도로 많이, 그리고 빠르게 변하고 있는 것을 느꼈다.

현악이 변화하는 속도는 초곤의 상상보다 빨랐다. 초곤이 현악을 보며 이만큼이라고 판단하면, 어느새 현악은 저만치에 앞서 가 있는 것이었다.

초곤이 보는 현악은 점차 커지고 있었다. 그렇다고 해서 경쟁심이라든가 질투 같은 감정은 조금도 느껴지지 않았다.

방강은 현악을 응시하며 진지하게 입을 열었다.

"내 한 목숨은 기꺼이 바칠 수 있소."

"그런데?"

"이제, 내게 딸린 수백 명의 목숨들을 이 도박에 걸어도 되는지 당신이 보여줄 차례요."

방강은 말을 마치고 현악의 다음 말이나 행동을 기다렸다.

그러나 현악은 아무 말도, 행동도 하지 않았다.

척!

대신 방문이 열리고 한 사람이 늠름하게 들어섰다.

그는 벽력도 전굉이었다.

화룡문주인 방강이 전굉을 모를 리 없었다.

벌떡!

그는 전광을 보는 순간, 눈을 휘둥그렇게 뜨며 자리를 박차고 일어섰다.

"방주께서 어인 일로……."

주가구의 하오문들은 두 개의 하늘을 받들고 있다. 바로 대홍방과 수룡채였다.

그러나 대홍방은 상납을 요구하지 않고, 수룡채는 매월 은자 천 냥이라는 어마어마한 상납을 요구한다.

굳이 그런 점이 아니더라도 방강은 전광을 존경하고 있었다.

전광은 방강에게는 눈길조차 주지 않는 대신에 현악에게 공손히 허리를 굽혔다.

"주군, 분부할 일이 있으십니까?"

그러자 방강의 눈이 부릅떠지고 입이 쩍 벌어졌다. 얼굴에는 불신의 표정이 가득 떠올랐다.

현악은 턱으로 방강을 가리키며 빙그레 미소 지었다.

"이 친구가 나한테 뭘 보여달라고 하는데, 그게 뭔지 모르겠군. 자네가 내 대신 보여줄 수 있겠나?"

전광이 정색하고 방강에게 물었다.

"뭘 보길 원하느냐?"

방강은 힘차게 고개를 가로저으면서 두 팔까지 저어댔다.

"아, 아닙니다, 방주님!"

방강은 미친 듯이 고개를 가로저었다.

그리고 그는 두말없이 자신과 화룡문의 수백 개의 목숨을 현악에게 맡기기로 결심했다.

초곤은 현악과 적사가 무얼 계획했는지 알게 됐다.

그것은 수룡채에 아무런 의심을 받지 않고 출입할 수 있는 하오문을 앞세워 수룡채에 진입하겠다는 것이었다.

그로서는 상상지도 못한 계획이었고, 적사조차도 떠올리지 못한 방법을 현악이 궁리해 냈다는 사실에, 그는 현악이 자신이 생각하고 있는 것보다 더 빨리 성장하고 있음을 깨달았다.

방강이 여태까지와는 달리 현악에게 자세를 고쳐 앉고 공손히 입을 열었다.

"하오문이 수룡채에 출입할 수 있는 날은 매월 보름입니다. 그때에 맞춰서 준비하십시오."

현악은 고개를 가로저었다.

"아니, 우린 내일 갈 걸세. 지금도 어줍지 않은 녹림 방파 따위에 너무 많은 시간을 허비하고 있어."

방강은 난감한 표정을 지었다.

"하지만 저희도 상납일 외에는 수룡채에 갈 수 없는지라……."

현악은 뜻 모를 미소를 지었다.

"예외는 있는 법이지."

부뚜막의 소금도 넣어야 짠 법이고, 머리도 자꾸 써야 잘 회전되기 마련이다.

현악의 머리는 탄력이 붙은 천리마처럼 멈출 줄을 몰랐다. 그는 또 기발한 생각을 해냈다.

"고견을 말씀해 주십시오."

"화룡문주인 자네가 수룡사왕에게 기진이보를 바치겠다고 전갈을 보내게."

모두들 놀라는 얼굴로 현악을 주시했다.

"어떤 기진이보를……."

툭툭—

현악의 어깨에 메고 있는 혈인검을 가볍게 두드려 보았다.

"이 정도면 어떤가?"

방강은 하오문의 문주답게 견문이 넓고, 천하의 정보와 정세에 달통한 인물이었다.

그는 처음에 현악을 대면했을 때 그의 검이 범상한 검이 아니라 생각하여 유심히 살펴봤었지만, 설마 그게 혈인검일 것이라고는 상상조차 하지 못했다.

초곤이 고개를 끄덕였다.

"수룡사왕 같은 놈은 혈인검에 죽는 것만으로도 영광이지."

"혈인검!"

방강이 짧은 경악성을 터뜨렸고, 전굉과 강일조의 경악하는 표정은 방강과 같았다.

세 사람의 시선이 일제히 혈인검에 집중됐다.

전굉은 강호 정보에 그다지 밝지 않은 사람이지만, 묵혈쌍검의 전설에 대해서는 익히 알고 있었다.

그리고 몇 달 전에 혈인검이 만들어낸 신진강호의 별호 또한 들은 바 있었다.

방강이 조심스럽게 물었다.

"설마… 쾌검왕이십니까?"

이번에는 현악이 놀랐다.

"나를 아나?"

방강과 강일조는 만면에 경악지색을 떠올리며 현악을 쳐다보았다.

"운몽산의 혈전에서 무당파의 청송자를 비롯하여 여러 명의 무당 검수들, 그리고 꽤 이름 있는 무림고수들을 죽였으며, 그 후에는 소림사의 혜각 선사와 양패구상을 한 쾌검왕을 제가 어찌 모르겠습니까?"

방강이 놀라움이 가시지 않은 얼굴로 장황하게 설명했다.

강일조는 현악을 쳐다보며 가슴이 터질 것만 같았다.

일개 시골구석의 하급 무사 출신인 그가 생의 마지막이라고 여기며 모시게 된 인물이 당금 강호를 위진시키고 있는 쾌검왕이라는 사실에 그는 벅찬 가슴을 주체할 길이 없었다.

그때 전굉이 원망스러운 얼굴로 현악을 보며 말했다.

"속하에겐 너무하셨습니다, 주군."

"뭐가 말인가?"

"주군께서 쾌검왕이라는 사실을 처음부터 밝히셨다면 속하가 어찌 싸우겠다고 덤볐겠습니까?"

현악은 태연히 응수했다.

"자네가 묻지 않았잖은가?"

"그렇긴 하지만……."

현악은 손을 저으며 방강에게 지시했다.

"자넨 어서 수룡사왕에게 전갈을 보내게, 곧 혈인검을 바치러 가겠다고."

"알겠습니다."

방강의 대답에 힘이 들어갔다.

현악은 명랑한 웃음을 터뜨렸다.

"하하! 수룡사왕이 혈인검을 감당할 수 있을는지 모르겠군!"

◆제39장◆
수룡채를 접수하다

수룡채를 접수하다

촤아아―

화룡문의 쾌속선은 능숙하게 구룡탄의 급류를 거슬러 오르더니, 병풍처럼 펼쳐진 절벽의 아래쪽 좁은 계곡으로 어렵지 않게 빨려들 듯이 스며들었다.

적당한 크기의 배 앞 갑판에는 방강이 우뚝 서 있었고, 그 양쪽에는 현악과 초곤이 하오문도의 복장을 한 채 서 있었으며, 뒤 갑판에는 흑궁녀와 전굉이 나란히 서 있었다.

쏴아아―

배가 계곡 안으로 미끄러지듯 들어가자 왼쪽 암벽의 십여 장 높이에 설치된 망루에서 한 명의 수룡채 수하가 날카롭게 배를 살펴보았다.

망루는 암벽을 안쪽으로 파서 동굴처럼 만들었으며, 위쪽으로 줄사다리가 매달려 있었다.

방강은 배를 살피는 수하를 향해 연신 포권하면서 허리를 굽혀 인사했다.

백 명의 수하를 거느린 화룡문의 문주 방강은 수룡채 일개 수문 무사만도 못한 대접을 받았다.

배는 양쪽 여섯 개의 망루를 거치면서 무난하게 계곡을 통과하여 안쪽의 아담한 호수에 당도했다.

호수 안쪽 포구에는 십여 척의 큰 배들과 이십여 척의 작은 배들이 정박해 있었다. 배들은 모두 흑선이었고, 돛대에는 수룡채의 상징인 수룡이 그려진 깃발이 매달려 있었다.

쿵!

화룡문의 배가 포구에 묵직하게 닿자, 대기하고 있던 수룡채 수하들 십여 명이 빠르게 다가왔다.

"오랜만입니다, 팽 조장님!"

방강은 내리자마자 선두의 한 인물에게 웃으며 아는 체를 했다.

"무슨 일이냐?"

필경 화룡문을 맞이하라는 명령을 받고 내려왔을 텐데도 조장은 고압적으로 떽떽거렸다.

"하하! 채주께서 부르셨습니다!"

그래도 방강은 넉살 좋게 웃고 나서 조장의 손에 슬쩍 은자 열 냥이 든 주머니 하나를 쥐어 주었다.

그러자 조장의 태도가 순식간에 변했다.

"하하! 그런가? 그렇지 않아도 명령을 받고 자넬 기다리고 있었네! 어서 올라가세!"

은자 열 냥에 사람의 마음만 바뀌는 게 아니라 반드시 거쳐야 할 검색마저도 생략됐다.

그러나 그것이 잠시 후에 수룡채의 운명을 바꿔놓을 것이라는 사실을 은자 열 냥을 받은 조장은 꿈에도 모르고 있었다.

절벽 위는 앞쪽이 깎아지른 낭떠러지고, 그 아래로 영하의 구룡탄이 으르렁거리면서 거칠게 흐르고 있었다.

좌우와 뒷면이 까마득한 암벽으로 감싸듯 둘러쳐져 있고 그 안쪽으로 이십여 채의 제법 그럴싸한 전각군이 형성되어 있었는데, 천연의 요새가 따로 없었다.

이곳이 바로 수룡채였다.

"우연찮은 기회에 소인이 전설의 검 한 자루를 얻게 되었기에 채주께 바치고자 찾아뵈었습니다!"

수룡사왕의 눈은 현악이 두 손에 받쳐 들고 있는 비단으로 감싼 물건에 고정되어 있었고, 공손히 아뢰는 방강의 말은 귀에 들어오지도 않았다.

방강은 현악의 지시대로 일부러 뜸을 들이며 수룡사왕을 약 오르게 했다.

"이 검으로 말씀 드릴 것 같으면……."

"됐다! 어서 이리 가져오너라!"

수룡사왕이 버럭 소리를 질러 방강의 말을 잘랐다.

"채주, 그래도 소인이 어렵사리 구한 전설의 검인데 치하의 말씀이라도……."

방강은 섭섭한 표정을 지으며 구시렁거렸다.

평소의 그답지 않은 행동이었지만, 마음이 급한 수룡사왕은 귀찮다는 듯이 손을 휘저었다.

"아, 알았다! 정말 애썼다! 그래, 정말 혈인검이더냐?"

"소인이 보기에는 혈인검이 분명합니다."

"그으래?"

수룡사왕의 얼굴에 탐욕이 가득 떠올랐다.

"소인이 혈인검을 손에 넣게 된 경위를 말씀 드릴 것 같으면……."

"이놈아! 그 얘긴 나중에 듣기로 하고, 어서 혈인검부터 이리 가져오
너라!"

마침내 수룡사왕은 버럭 화를 터뜨렸다.

그때 방강 뒤에 서 있는 현악의 입가에 보일 듯 말 듯한 회심의 미소
가 떠올랐다.

그러나 그 뒤에 나란히 서 있는 초곤과 흑궁녀, 전굉은 안색조차 변
하지 않았다.

벽력도 전굉은 주가구에서 가장 유명한 몇 안 되는 인물 중에 한 명
이다.

하지만 여간해서는 모습을 드러내지 않는 까닭에, 그의 진면목을 알
고 있는 사람은 흔치 않았으므로 수룡채 수하들 중 그를 알아보는 사
람은 없었다.

설사 알아보는 사람이 있다고 해도, 벽력도 전굉 정도의 거물이 하
오문인 화룡문의 수하 복장을 한 모습을 보고 그의 신분을 콕 집어내
지는 못할 것이다.

"뭘 하고 있느냐? 어서 채주께 바쳐라!"

방강은 현악을 돌아보며 꾸중했다.

저벅저벅—

현악은 비단으로 감싼 물건을 두 손으로 받쳐 들고 묵직하게 수룡사

왕을 향해 걸어갔다.

넓은 대전의 전면 단상에는 마치 황제가 앉음 직한 커다란 태사의에 수룡사왕이 버티고 앉았으며, 좌우에는 심복 수하 두 명이 대도를 가슴에 품은 채 서 있었다.

또한 대전의 양쪽 벽을 등진 채 우는 아이들이 그 이름만 들어도 울음을 그친다는 수룡이십살(水龍二十殺), 즉 이십 명의 단주가 당당하게 도열해 있었다.

저벅저벅—

수룡사왕의 시선은 가까이 걸어오고 있는 현악의 두 손에만 집중되어 있을 뿐, 정작 그의 어깨에 메어져 있는 혈인검에는 시선조차 주지 않았다.

뚝!

현악이 단상 바로 아래에서 걸음을 멈추고 두 팔을 뻗었다.

그곳에서 수룡사왕까지의 거리는 대략 이 장여.

공력이 일 갑자로 증진된 현악이 현재 섬쾌를 발출할 수 있는 거리는 팔과 검의 길이를 합쳐서 일 장 내외였다.

현악이 신형을 날리면서 발검하면 간단히 주살할 수 있을 테지만, 굳이 그런 모험을 할 필요까지는 없었다.

현악은 단하에서 두 손 위의 물건을 뻗었다. 그것이 수룡사왕에게 닿을 리 만무했다.

그의 행동에는 끝까지 수룡사왕의 약을 올리자는 계산이 깔려 있었던 것이다.

수룡사왕의 인내는 드디어 한계에 도달했다.

"이 새끼야! 당장 이리 올라오지 못하겠느냐?"

그는 목에 핏대를 세우면서 악을 썼다.

방금 그는 자신의 목숨을 가져갈 사신(死神)더러 어서 빨리 목을 가져가라고 외친 것이다.

이윽고 현악은 입가에 보일 듯 말 듯한 미소를 머금은 채 성큼성큼 계단을 올라가 수룡사왕에게 다가갔다.

획!

거리가 일 장으로 좁혀졌을 때, 그는 두 손의 물건을 슬쩍 수룡사왕에게 던졌다.

수룡사왕은 가볍게 표정이 변했으나 엉겁결에 두 팔을 뻗어 받으려 했다.

번쩍!

그의 손이 비단으로 감싼 물건에 닿기도 전에 한줄기 흐릿한 혈광이 허공을 갈랐다.

그리고 물건을 받기 위해 두 팔을 앞으로 뻗었던 수룡사왕의 몸이 그대로 뚝 정지했다.

하지만 장내에서는 아무도 현악이 발검하고 착검하는 것을 본 사람이 없었다.

푸악!

순간 수룡사왕의 목 한복판에 뚫린 구멍의 앞뒤로 피분수가 확 뿜어져 나왔다.

그의 얼굴에는 혈인검을 갖게 됐다는 탐욕과 만족의 표정이 그대로 남아 있을 뿐 죽음이라든지, 고통의 표정은 어디에도 떠올라 있지 않았다.

쿵!

비명이나 신음도 없었다. 다만 그의 몸이 앞으로 기우뚱하더니 묵직하게 엎어졌다.

"앗!"

"허엇?"

순간, 수룡이십살의 입에서 경악성이 터져 나왔다.

차차차창!

그들은 일제히 무기를 뽑으면서 순식간에 초곤 등을 포위했다.

방강의 등줄기로 식은땀이 주르르 흘러내렸다.

현악은 천천히 몸을 돌려 단하를 굽어보았다.

그리고 그의 입에서 흘러나온, 나직하지만 웅혼한 말.

"나 쾌검왕이 지금부터 수룡채를 접수하겠다!"

순간 장내에 큰 소요가 일었다.

수룡채가 비록 녹림이라고는 하지만 무림이다. 쾌검왕의 명성을 듣지 못했을 리가 없었다.

말뿐이라면 믿지 않을 수도 있겠지만, 자신을 쾌검왕이라고 말한 사람이 방금 전 단 일 검에 수룡사왕을 주살했다.

그는 자신이 쾌검왕이라는 사실을 행동으로 증명한 셈이다.

그때 전굉이 옆에 서 있는 초곤을 가리키며 웅혼하게 외쳤다.

"이분은 대홍방을 몰살시킨 흑사신이시다!"

대홍방이 멸문했다는 사실은 아직 주가구에도 알려지지 않은 사실이었다.

그런데 대홍방이 몰살됐다는 것과 대홍방을 몰살시킨 흑사신이라는 섬뜩한 별호를 지닌 인물이 소개되었다.

소요에 소요가 더해지면 동요가 되고, 동요에 동요가 가중되면 자중지란이 벌어지게 된다.

이 기회를 놓칠 리 없는 전굉이다. 그는 백전노장이며, 적의 심중을 꿰뚫어 보는 데에는 귀신이었다.

"너희 수룡채쯤을 쓸어버리는 것은 일도 아니다! 유치한 말이지만, 반항하면 모조리 죽일 것이고, 항복하면 살길을 열어줄 것이다!"

수룡사왕의 죽음에 순간적으로 무기를 뽑아 들었던 수룡채 고수들은 사실, 목숨을 걸고 싸울 의지 같은 것은 애초부터 없었다.

수룡이십살과 수룡채 수하들이 서로의 눈치를 보면서 우왕좌왕할 때 전굉이 가슴을 벌리며 당당하게 외쳤다.

"나는 전굉이다!"

그의 외침이 결국 쐐기를 박았다.

대흥방주인 벽력도 전굉을 모르는 자는 수룡채 내에 한 명도 없었다.

쨍강!

챙!

그때 몇몇 수룡채 고수가 무기를 바닥에 떨어뜨리며 항복의 뜻을 보였다.

그게 시작이었다.

뒤이어 모든 수룡채 고수들이 앞 다투어 무기를 내려놓고 그 자리에 무릎을 꿇었다.

마지막까지 버티고 있던 한 명의 단주가 느릿하게 장내를 둘러보더니 씁쓸한 표정으로 수중의 창을 내려놓았다. 그러나 그는 다른 자들과는 달리 끝내 무릎을 꿇지는 않았다.

[三卷 完]